INSTITUT IMPÉRIAL DE FRANCE.

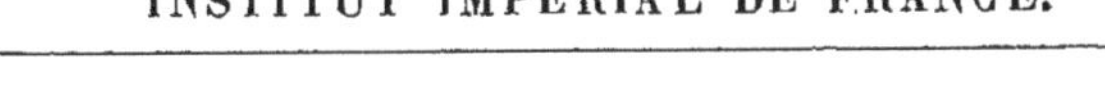

MÉMOIRE

SUR LA

THÉORIE DES CONGRUENCES

SUIVANT UN MODULE PREMIER

ET

SUIVANT UNE FONCTION MODULAIRE IRRÉDUCTIBLE

PAR M. J.-A. SERRET

Lu à l'Académie dans la séance du 4 décembre 1865.

(EXTRAIT DU TOME XXXV DE L'ACADÉMIE DES SCIENCES).

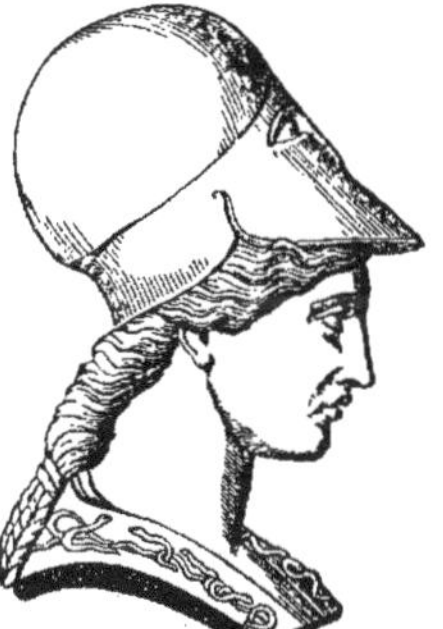

PARIS,
TYPOGRAPHIE DE FIRMIN DIDOT FRÈRES, FILS ET Cie
IMPRIMEURS DE L'INSTITUT IMPÉRIAL DE FRANCE, RUE JACOB, 56.

M DCCC LXVI

INSTITUT IMPÉRIAL DE FRANCE.

MÉMOIRE

SUR LA

THÉORIE DES CONGRUENCES

SUIVANT UN MODULE PREMIER

ET

SUIVANT UNE FONCTION MODULAIRE IRRÉDUCTIBLE

PAR M. J.-A. SERRET

Lu à l'Académie dans la séance du 4 décembre 1865.

(EXTRAIT DU TOME XXXV DE L'ACADÉMIE DES SCIENCES).

PARIS,
TYPOGRAPHIE DE FIRMIN DIDOT FRÈRES, FILS ET CIE
IMPRIMEURS DE L'INSTITUT IMPÉRIAL DE FRANCE, RUE JACOB, 56.

M DCCC LXVI

INSTITUT IMPÉRIAL DE FRANCE.

MÉMOIRE

SUR LA

THÉORIE DES CONGRUENCES

SUIVANT UN MODULE PREMIER

ET

SUIVANT UNE FONCTION MODULAIRE IRRÉDUCTIBLE

PAR M. J.-A. SERRET

Lu à l'Académie dans la séance du 4 décembre 1865.

(EXTRAIT DU TOME XXXV DE L'ACADÉMIE DES SCIENCES).

I.

J'ai l'honneur de présenter à l'Académie un travail étendu sur une branche importante de la théorie des nombres qui se rattache par des liens étroits à la théorie des équations algébriques. La première idée de l'étude que je présente se trouve en germe dans les travaux de Galois; les congruences dont je m'occupe peuvent effectivement être ramenées aux congruences ordinaires, en introduisant dans la théorie des nombres, comme l'a fait ce grand géomètre, des quantités imaginaires d'une espèce particulière. Mais cette considération des imaginaires n'est pas sans jeter quelque obscurité sur l'exposition des principes fondamentaux de la théorie; si elle offre quelque avantage, quand on se propose de donner aux énoncés des théorèmes la forme la plus simple, elle a, au début, l'inconvénient de masquer complétement plusieurs points de vue importants.

Au surplus, Galois n'a point cherché à constituer une théorie, et il s'est borné à indiquer le plus souvent, sans démonstration, les résultats qui lui étaient utiles pour l'objet qu'il se proposait. En exposant, dans mon *Algèbre supérieure,* ces recherches de Galois, j'ai dû suppléer, mais toujours en restant à son point de vue, à cette absence de démonstrations ; et je suis parvenu à présenter une théorie, incomplète sans doute, mais rigoureuse et suffisante pour le but auquel elle tendait.

Ces premières recherches, qui datent déjà de plusieurs années, ont été le point de départ du nouveau travail que je présente aujourd'hui, et dont j'indiquerai ici brièvement les résultats principaux.

Je commence par exposer les propriétés fondamentales des *fonctions entières irréductibles suivant un module premier,* c'est-à-dire des fonctions qui ne sont pas *congrues,* suivant le module, à des produits de fonctions entières, dans le sens ordinaire du mot. Je fais connaître le nombre total des fonctions entières irréductibles d'un degré donné, suivant un module donné.

Ensuite, comme chaque fonction irréductible divise, suivant le module, une infinité de puissances de la variable, diminuées de l'unité, je rapporte au plus petit exposant de ces puissances la fonction irréductible correspondante. En sorte que les fonctions irréductibles se trouvent *classées* d'après l'exposant auxquelles elles *appartiennent*. Je fais connaître ici le nombre total des fonctions irréductibles d'un degré donné qui appartiennent à un exposant donné, relativement à un module premier donné. De ces considérations découlent plusieurs conséquences intéressantes pour l'algèbre.

Les résultats que je viens d'énoncer permettent d'établir une comparaison intéressante entre les fonctions irréductibles suivant le même module et qui appartiennent à des exposants composés des mêmes facteurs premiers. Cette partie de mon travail, à laquelle j'attache quelque prix, permet de former directement des classes étendues de fonctions irréductibles, ce qui est d'un grand intérêt, car la méthode générale pour obtenir ces fonctions n'est guère susceptible d'application. Ainsi, en particulier, j'indique les cas où il existe des fonctions irréductibles à deux termes, et je donne le moyen de les trouver immédiatement. A ces propriétés, j'ajoute encore un théorème utile qui fait connaître, pour chaque module, une fonction irréductible d'un degré égal à ce module.

Après avoir exposé cette théorie des fonctions irréductibles, je considère toutes les fonctions entières d'une variable, réduites, non-seulement suivant un module premier, mais encore suivant une fonction irréductible donnée. J'établis, à l'égard de ces fonctions réduites, une classification toute semblable à celle qui concerne les fonctions irréductibles elles-mêmes. La fonction irréductible qui intervient ici, joue le rôle de module, et je lui donne, en conséquence, le nom de *fonction modulaire*. Il existe une infinité de puissances d'une fonction réduite, qui sont congrues à l'unité, relativement au module premier et à la fonction modulaire; le plus petit exposant de ces puissances est l'*exposant auquel appartient la fonction réduite*.

J'arrive enfin à la considération des congruences, suivant un module premier et suivant une fonction irréductible. Ces congruences renferment deux variables, dont la première est celle qui figure dans la fonction modulaire; les fonctions entières de cette première variable qui, substituées à la seconde, dans la congruence proposée, rendent celle-ci identique, prennent le nom de racines.

Comme dans la théorie ordinaire, le nombre des racines, égales ou inégales d'une congruence, ne peut pas surpasser le degré de cette congruence. Mais si la variable qui figure dans la fonction modulaire n'est pas contenue dans la congruence, on a ce théorème compris dans les recherches de Galois : *La fonction irréductible modulaire peut toujours être choisie de manière que la congruence donnée ait précisément autant de racines égales ou inégales qu'il y a d'unités dans son degré.*

La classification des fonctions réduites dont j'ai parlé plus haut conduit à considérer, dans cette théorie, des *racines primitives*. Le rôle de ces racines est considérable. Au moyen d'une fonction irréductible d'un degré donné, on peut obtenir toutes les autres fonctions irréductibles de même degré quand on a formé une racine primitive. Au reste, les propriétés des nouvelles racines primitives sont analogues à celles des racines primitives des nombres premiers.

La théorie étant ainsi constituée d'une manière rigoureuse, rien n'empêche de considérer la variable qui figure dans la fonction modulaire, comme racine de la congruence obtenue en égalant à zéro, suivant le module premier, la fonction irréductible. On retombe alors sur le point de vue auquel Galois s'était placé, et que j'ai développé dans la *deuxième édition* de mon *Algèbre supérieure*.

II.

Des fonctions entières irréductibles, suivant un module premier.

Soient p un nombre premier, $\varphi(x)$ et $F(x)$ deux fonctions entières de x à coefficients entiers; si l'on peut trouver deux fonctions entières $\psi(x)$, $\chi(x)$ à coefficients entiers et qui soient telles que l'on ait identiquement

$$\varphi(x)\psi(x) = F(x) + p\chi(x),$$

et par suite

$$\varphi(x)\psi(x) \equiv F(x) \pmod{p},$$

nous dirons que la fonction $F(x)$ est *divisible par* $\varphi(x)$ *suivant le module* p, ou qu'elle est égale, *suivant le module* p, au produit des fonctions $\varphi(x)$, $\psi(x)$.

Supposons qu'une fonction entière $\varphi(x)$ soit ordonnée par rapport aux puissances décroissantes de x; si tous les coefficients sont divisibles par p, la fonction sera nulle suivant le module p; dans le cas contraire, soit a le premier des coefficients qui ne sont pas nuls suivant le module p, on pourra trouver un entier α tel que

$$a\alpha \equiv 1 \qquad (\text{mod. } p),$$

et par conséquent le produit $\alpha\varphi(x)$ pourra se mettre sous la forme

$$\alpha\varphi(x) = F(x) + p\chi(x),$$

$F(x)$ désignant une fonction entière dans laquelle le coefficient de la plus haute puissance de x est l'unité; on peut évidemment supposer que tous les autres coefficients de cette fonction soient rabaissés au-dessous de p.

Une fonction entière $F(x)$ à coefficients entiers sera dite *irréductible suivant le module premier p*, si elle n'est divisible, suivant ce module, par aucune fonction entière d'un degré inférieur au sien, et si, en outre, le coefficient de la plus haute puissance de x est égal à l'unité.

Théorème I. — *Si les deux fonctions $\varphi(x)$ et $\psi(x)$ n'admettent aucun diviseur commun, suivant le module premier p, on pourra trouver deux fonctions entières* U *et* V *telles que l'on ait identiquement*

$$U\varphi(x) - V\psi(x) \equiv 1 \qquad (\text{mod. } p).$$

En effet, désignons par a et b les coefficients de la plus haute puissance de x dans $\varphi(x)$ et dans $\psi(x)$, on pourra poser

$$\varphi(x) \equiv aA, \quad \psi(x) \equiv bB \qquad (\text{mod. } p),$$

A et B étant des fonctions entières dans lesquelles la plus haute puissance de x a pour coefficient l'unité.

Cela posé, exécutons sur les polynômes A et B l'opération par laquelle on détermine le plus grand commun diviseur, en négligeant les termes multipliés par p et en ayant soin d'ajouter à chaque reste un polynôme de la forme $p\lambda(x)$, choisi de manière qu'après cette addition le reste en question soit divisible par le coefficient du terme le plus élevé; en outre, avant de prendre ce reste pour diviseur, nous supprimerons le facteur commun à tous ses termes. Comme nous admettons que les polynômes A et B n'ont point de diviseur commun, suivant le module p, on arrivera nécessairement à un reste numérique r_n qui ne sera pas nul suivant le module p. Et, si l'on suppose, pour fixer les idées, que le degré de B ne soit pas inférieur à celui de A, on aura cette suite d'égalités ou de congruences

$$\begin{aligned} A &\equiv B\,Q_1 + r_1 R_1, \\ B &\equiv R_1 Q_2 + r_2 R_2, \\ R_1 &\equiv R_2 Q_3 + r_3 R_3, \qquad (\text{mod. } p), \\ &\ldots\ldots\ldots\ldots \\ R_{n-2} &\equiv R_{n-1} Q_n + r_n. \end{aligned}$$

$r_1, r_2, \ldots r_n$ sont des entiers qui ne sont pas nuls suivant le module p; et $R_1, R_2, \ldots Q_1, Q_2, \ldots$ sont des fonctions entières de x dans lesquelles la plus haute puissance de x a pour coefficient l'unité. De ces relations on tire

$$\begin{aligned} r_1 R_1 &\equiv A - Q_1 B, \\ r_1 r_2 R_2 &\equiv (r_1 + Q_1 Q_2) B - Q_2 A, \\ r_1 r_2 r_3 R_3 &\equiv (r_2 + Q_2 Q_3) A - [r_2 Q_1 + (r_1 + Q_1 Q_2) Q_3] B, \\ &\ldots\ldots\ldots\ldots\ldots\ldots \end{aligned}$$

et la dernière de ces relations aura évidemment la forme

$$r_1 r_2 \ldots r_n \equiv MA - NB \qquad (\text{mod. } p),$$

M et N étant des fonctions entières. Soit α le nombre par lequel il faut multiplier le produit $abr_1 \ldots r_2 r_n$ pour obtenir un résultat congru à 1 suivant le module p; si l'on multiplie la congruence précédente par $ab\alpha$ et qu'on écrive U au lieu de $b\alpha$M, V au lieu de $a\alpha$N, on aura

$$1 \equiv U\varphi(x) - V\psi(x) \qquad (\text{mod. } p),$$

ou

$$1 + p\chi(x) = U\varphi(x) - V\psi(x),$$

ce qu'il fallait démontrer.

Théorème II. — *Si la fonction entière* F (x) *irréductible suivant le module premier p, divise, suivant ce module, le produit* $\varphi(x)\psi(x)$ *des fonctions entières* $\varphi(x)$ et $\psi(x)$, *elle divisera l'un au moins des deux facteurs.*

En effet, supposons que la fonction $\psi(x)$ ne soit pas divisible suivant le module p par la fonction F (x). Comme celle-ci est irréductible, elle n'admet aucun des diviseurs que $\psi(x)$ peut avoir; on pourra donc trouver trois fonctions entières P, U et V telles que l'on ait

$$1 + pP = UF(x) - V\psi(x).$$

On a d'ailleurs, par hypothèse,

$$\varphi(x)\psi(x) - F(x)f(x) = p\chi(x),$$

$f(x)$ et $\chi(x)$ désignant des fonctions entières; et il vient, en multipliant les deux égalités précédentes l'une par l'autre,

$$\left[\varphi(x)\psi(x) - F(x)f(x)\right](1 + pP) = p\chi(x)\left[UF(x) - V\psi(x)\right],$$

ou

$$\psi(x)\left[\left(\varphi(x) + p\left(P\varphi(x) + V\chi(x)\right)\right]\right. = F(x)\left[f(x) + p\left(Pf(x) + U\chi(x)\right)\right].$$

Le polynôme F (x) divise donc *algébriquement* le premier membre de l'égalité précédente. Or, par notre hypothèse, ce polynôme ne divise point $\psi(x)$ et il n'a d'ailleurs aucun facteur commun avec $\psi(x)$, puisqu'il est irréductible; donc il divise la fonction

$$\varphi(x) + p\left[P\varphi(x) + V\chi(x)\right],$$

et l'on a

$$\varphi(x) = F(x) f_1(x) + p\chi(x),$$

ou

$$\varphi(x) \equiv F(x) f_1(x) \qquad (\text{mod. } p),$$

$f_1(x)$ étant une fonction entière.

Corollaire. — *Si la fonction entière* F (x), *irréductible suivant le module premier p, ne divise suivant ce module aucune des fonctions* $\varphi_1(x)$, $\varphi_2(x)$, ... $\varphi_m(x)$, *elle ne peut diviser la fonction*

$$\varphi(x) = \varphi_1(x)\varphi_2(x)\ldots\varphi_m(x) + p\chi(x)$$

congrue par rapport à p au produit des fonctions $\varphi_1, \varphi_2, \ldots \varphi_m$.

Cette proposition résulte immédiatement du théorème qu'on vient d'établir.

III.

Remarques sur la décomposition d'une fonction entière en facteurs irréductibles.

Si une fonction entière $\varphi(x)$ non congrue à zéro suivant le module p n'est pas irréductible elle sera *décomposable en facteurs irréductibles;* en d'autres termes, on aura

$$F(x) F_1(x) F_2(x) \ldots F_{m-1}(x) = \alpha\varphi(x) + p\chi(x),$$

F (x), F$_1(x)$, etc., étant des polynômes à coefficients entiers irréductibles suivant le module p, $\chi(x)$ une fonction entière et α le nombre par lequel il faut multiplier $\varphi(x)$, pour réduire à l'unité le coefficient de la plus haute puissance de x.

Il résulte du corollaire du théorème précédent que la fonction $\alpha\varphi(x)$ n'est décomposable, suivant le module p, qu'en un seul système de facteurs irréductibles; car supposons que l'on ait

$$f f_1 f_2 \ldots = \mathrm{F}\,\mathrm{F}_1\,\mathrm{F}_2 \ldots + p\chi(x),$$

les facteurs F et f étant supposés irréductibles. Le facteur irréductible F divise, suivant le module p, l'un des facteurs du premier membre, f par exemple, d'après le corollaire cité, et en conséquence il est congru à ce facteur, puisque celui-ci est lui-même irréductible. Remplaçant donc f par $\mathrm{F} + p\chi(x)$, notre égalité prendra la forme

$$\mathrm{F} f_1 f_2 \ldots = \mathrm{F}\,\mathrm{F}_1\,\mathrm{F}_2 \ldots + p\chi(x);$$

la fonction $\chi(x)$ doit être nécessairement divisible par F et, en faisant la division, il vient :

$$f_1 f_2 \ldots = \mathrm{F}_1 \mathrm{F}_2 \ldots + p\chi(x).$$

En poursuivant ce raisonnement on voit que les facteurs F, F_1, F_2, ... sont respectivement égaux à f, f_1, f_2, ... suivant le module p.

Il peut arriver que plusieurs des facteurs irréductibles de la fonction $\alpha\varphi(x) = \Phi(x)$ soient égaux entre eux; dans ce cas, la fonction $\Phi(x)$ a un diviseur commun avec sa dérivée. Supposons que l'on ait

$$\mathrm{X}_1^{n_1}\mathrm{X}_2^{n_2} \ldots \mathrm{X}_m^{n_m} = \Phi(x) + p\chi(x),$$

X_1, X_2, ... X_m désignant des polynômes irréductibles suivant le module p et différents entre eux suivant ce module. Prenons les dérivées des deux membres de cette égalité et représentons par X'_i la dérivée de X_i, nous aurons :

$$X_1^{n_1-1} X_2^{n_2-1} \dots X_m^{n_m-1} [n_1 X'_1 X_2 X_3 \dots X_m + \dots + n_m X'_m X_1 X_2 \dots X_{m-1}]$$
$$= \Phi'(x) + p\chi'_1(x);$$

si aucun des exposants $n_1, n_2, \dots n_m$ n'est un multiple de p, le facteur entre parenthèses n'est divisible, suivant le module p, par aucun des facteurs irréductibles $X_1, X_2, \dots X_m$, car pour qu'il fût divisible par X_1, par exemple, il faudrait que X_1 divisât l'un des facteurs du produit

$$X'_1 X_2 X_3 \dots X_m;$$

or cela est impossible puisque $X_2 X_3 \dots X_m$ sont irréductibles et différents de X_1, et que le degré de X'_1 est inférieur à celui de X_1. Le produit des facteurs irréductibles communs à $\Phi(x)$ et à sa dérivée est donc

$$X_1^{n_1-1} X_2^{n_2-1} \dots X_m^{n_m-1};$$

c'est le *plus grand commun diviseur* de ces fonctions, suivant le module p, et pour l'obtenir on suivra la règle ordinaire en négligeant dans chaque division les multiples de p qui se présenteront, et en ayant soin de ramener à l'unité le coefficient du terme le plus élevé de chaque reste, avant de prendre celui-ci pour diviseur.

Si l'un des exposants, n_1, par exemple, est multiple de p, le facteur X_1 entre à la puissance n_1 dans le plus grand commun diviseur.

Désignons par V_1 le produit de ceux des facteurs $X_1, X_2, \dots$ qui figurent dans $\Phi(x)$ avec un même exposant n_1, par V_2 le produit de ceux qui ont l'exposant n_2, et ainsi de suite; on aura

$$V_1^{n_1} V_2^{n_2} V_3^{n_3} \ldots = \Phi(x) + p\chi(x),$$

et il résulte de ce qui précède, que les facteurs $V_1, V_2, V_3, \ldots$ peuvent être obtenus au moyen de simples divisions algébriques.

IV.

Des fonctions entières d'une variable, réduites suivant un module premier et suivant une fonction entière irréductible.

Si l'on divise une fonction entière $\mathfrak{f}(x)$ par un polynôme irréductible $F(x)$ d'un degré quelconque ν, on obtiendra un quotient $\varphi(x)$ et un reste qui pourra être représenté par $f(x) + p\chi(x)$, $f(x)$ étant une fonction entière du degré $\nu - 1$ au plus, dans laquelle les coefficients peuvent être pris, à volonté, entre les limites o et p ou entre $-\frac{p-1}{2}$ et $+\frac{p-1}{2}$. On aura ainsi

$$\mathfrak{f}(x) = f(x) + F(x)\varphi(x) + p\chi(x),$$

ou

$$\mathfrak{f}(x) \equiv f(x) + F(x)\varphi(x) \pmod{p}.$$

La fonction $f(x)$ sera dite la *valeur réduite de* $\mathfrak{f}(x)$, *suivant le module p et suivant la fonction irréductible* $F(x)$.

L'expression générale des fonctions réduites est

$$f(x) = a_0 + a_1 x + a_2 x^2 + \ldots + a_{\nu-1} x^{\nu-1};$$

comme chacun des coefficients $a_0, a_1, \ldots$ est susceptible de recevoir p valeurs différentes, par exemple

$$0,\ 1,\ 2,\ 3, \ldots (p-1),$$

la fonction $f(x)$ peut avoir p^ν valeurs distinctes. Parmi ces valeurs il y en a p qui sont indépendantes de la variable x, ce sont les p nombres

$$0,\ 1,\ 2,\ 3, \ldots (p-1).$$

THÉORÈME. — *Soient* $X_1, X_2, \ldots X_m$, *m fonctions de* x, *réduites suivant le module p et suivant la fonction entière irréductible* F (x). *Soit aussi*

$$\mathfrak{F}(X) = A_0 X^m + A_1 X^{m-1} + \ldots + A_{m-1} X + A_m$$

une fonction entière du degré m de la variable X, *dans laquelle les coefficients sont des fonctions entières de x. Si les résultats de la substitution de* $X_1, X_2, \ldots X_m$ *à* X *dans* $\mathfrak{F}(X)$ *sont tous divisibles par* F (x), *suivant le module p, on aura identiquement*

$$\mathfrak{F}(X) = A_0 (X - X_1)(X - X_2) \ldots (X - X_m) + F(x)\varphi(X, x) + p\chi(X, x),$$

φ et χ *étant des fonctions entières, à coefficients entiers, des deux variables x et* X.

En effet, regardant $X_1, X_2, \ldots X_m$ comme des indéterminées, désignons par $\mathfrak{F}_1(X)$ et R_1, le quotient et le reste de la division de $\mathfrak{F}(X)$ par $X - X_1$; soient de même $\mathfrak{F}_2(X)$ et R_2 le quotient et le reste de la division de $\mathfrak{F}_1(X)$ par $X - X_2$; et ainsi de suite; en sorte $\mathfrak{F}_m(X)$ et R_m exprimeront le quotient et le reste de la dernière division, savoir celle de $\mathfrak{F}_{m-1}(X)$

par $X - X_m$. Les égalités

$$(1)\quad \begin{cases} \mathcal{F}(X) \quad = (X - X_1)\,\mathcal{F}_1(X) + R_1, \\ \mathcal{F}_1(X) \quad = (X - X_2)\,\mathcal{F}_2(X) + R_2, \\ \ldots\ldots\ldots\ldots \\ \mathcal{F}_{m-1}(X) = (X - X_m)\,\mathcal{F}_m(X) + R_m, \end{cases}$$

donneront, à cause de $\mathcal{F}_m(X) = A_0$,

$$(2)\quad \mathcal{F}(X) = R_1 + R_2(X - X_1) + R_3(X - X_1)(X - X_2) + \ldots \\ + R_m(X - X_1)\ldots(X - X_{m-1}) + A_0(X - X_1)\ldots(X - X_m),$$

et si l'on remplace X successivement par $X_1, X_2, \ldots X_m$, il viendra

$$(3)\begin{cases} \mathcal{F}(X_1) = R_1, \\ \mathcal{F}(X_2) = R_1 + R_2(X_2 - X_1), \\ \mathcal{F}(X_3) = R_1 + R_2(X_3 - X_1) + R_3(X_3 - X_1)(X_3 - X_2), \\ \ldots\ldots\ldots\ldots \\ \mathcal{F}(X_m) = R_1 + R_2(X_m - X_1) + \ldots + R_m(X_m - X_1)\ldots(X_m - X_{m-1}). \end{cases}$$

Supposons maintenant que $X_1, X_2, \ldots X_m$ désignent des fonctions entières de x, réduites suivant le module p et suivant la fonction irréductible $F(x)$. Si ces fonctions sont distinctes, aucune de leurs différences deux à deux ne pourra être divisible par $F(x)$, suivant le module p, et comme les premiers membres des formules (3) le sont, par hypothèse, les polynômes $R_1, R_2, \ldots R_m$ seront eux-mêmes divisibles par $F(x)$, suivant le module p. Alors la formule (2) prendra la forme

$$(4)\quad \mathcal{F}(X) = A_0(X - X_1)\ldots(X - X_m) + F(x)\,\varphi(X, x) + p\chi(X, x),$$

conformément à l'énoncé du théorème.

Corollaire. — *Soit* $\mathcal{F}(X)$ *une fonction entière des variables* X *et* x, *du degré* m, *par rapport à* X, *et dans laquelle le coefficient de* X^m *n'est pas divisible, suivant le mo-*

dule p, par la fonction irréductible $F(x)$; *si l'on substitue successivement à* X *les* p^ν *fonctions de* x *réduites suivant le module* p *et suivant la fonction* $F(x)$, *parmi les* p^ν *résultats obtenus, il y en aura* m *au plus qui seront divisibles par* $F(x)$ *suivant le module* p.

En effet supposons les m fonctions de x

$$X_1, X_2, \ldots X_m$$

réduites, suivant le module p et suivant la fonction $F(x)$, telles que

$$\mathfrak{f}(X_1), \mathfrak{f}(X_2), \ldots \mathfrak{f}(X_m)$$

soient divisibles par $F(x)$ suivant le module p. Alors la formule (4) aura lieu identiquement et si l'on remplace X par une fonction réduite X_{m+1} distincte de $X_1, X_2 \ldots X_m$, on aura

$$\mathfrak{f}(X_{m+1}) = A_0 (X_{m+1} - X_1) \ldots (X_{m+1} - X_m) + F(x)\varphi(x) + p\chi(x).$$

Or $F(x)$ ne peut diviser, suivant le module p, le produit des différences $X_{m+1} - X_1, X_{m+1} - X_2, \ldots$, donc $\mathfrak{f}(X_{m+1})$ ne peut être divisible, suivant ce module, par le polynôme $F(x)$.

V.

Propriétés fondamentales des polynômes irréductibles suivant un module premier.

THÉORÈME I. — *Tout polynôme* $F(x)$ *à coefficients entiers et du degré* ν, *irréductible suivant le module premier* p, *divise, suivant ce module, la fonction* $x^{p^\nu} - x$.

L'expression générale des fonctions entières de x, réduites suivant le module p et suivant la fonction irréductible $F(x)$, est

$$f(x) = a_0 + a_1 x + a_2 x^2 + \ldots + a_{\nu-1} x^{\nu-1},$$

$a_0, a_1, \ldots a_{\nu-1}$, étant des entiers compris entre zéro et $p-1$, ou entre $-\frac{p-1}{2}$ et $+\frac{p-1}{2}$. L'une de ces fonctions est nulle, nous en ferons abstraction et nous représenterons par

$$(1) \qquad X_1, X_2, X_3, \ldots X_{p^\nu-1},$$

les $p^\nu - 1$ fonctions réduites différentes de zéro.

Cela posé, désignons par $f(x)$ une fonction entière de x, non divisible par $F(x)$, suivant le module p, et considérons les produits des fonctions (1) par $f(x)$, savoir :

$$(2) \qquad X_1 f(x),\ X_2 f(x),\ \ldots\ X_{p^\nu-1} f(x).$$

Aucun de ces produits n'est divisible, suivant le module p, par le polynôme irréductible $F(x)$, puisque les facteurs qui le composent n'admettent pas ce diviseur; la différence de deux termes de la suite (2) ne peut elle-même être divisible par $F(x)$, suivant le module p, car cette différence est évidemment un terme de la suite (2). Si donc on prend les valeurs réduites des produits (2), suivant le module p et suivant le polynôme irréductible $F(x)$, ces valeurs seront distinctes et aucune d'elles ne sera zéro; en conséquence, elles coïncideront, abstraction faite de l'ordre, avec les termes de la suite (1). Il résulte de là qu'il existe entre les fonctions de la suite (2) et leurs correspondantes de la suite (1), $p^\nu - 1$ congruences de la forme

$$X_n f(x) \equiv X_n + F(x)\,\varphi(x) \qquad (\text{mod. } p),$$

et si l'on multiplie entre elles toutes ces congruences, il viendra

$$X_1 X_2 \dots X_{p^\nu - 1}\left[f(x)^{p^\nu - 1} - 1\right] \equiv F(x)\,\varphi(x) \pmod{p},$$

$\varphi(x)$ étant une fonction entière. Le produit $X_1 X_2 \dots X_{p^\nu - 1}$ n'est pas divisible par $F(x)$, suivant le module p, donc on a

(3) $$[f(x)]^{p^\nu - 1} - 1 \equiv F(x)\,\varphi(x) \pmod{p},$$

ou, en multipliant par $f(x)$,

(4) $$f(x)^{p^\nu} - f(x) \equiv F(x)\,\varphi(x) \pmod{p}.$$

Nous avons supposé la fonction $f(x)$ non divisible par $F(x)$, suivant le module p, mais il est évident que la formule (4) subsiste quand $f(x)$ est un multiple de $F(x)$.

La formule (4) ayant lieu, quelle que soit la fonction entière $f(x)$, prenons $f(x) = x$, il viendra

(5) $$x^{p^\nu} - x \equiv F(x)\,\varphi(x), \pmod{p},$$

ce qui démontre le théorème énoncé.

LEMME. — *Soient $f(x)$ une fonction entière de la variable x, p un nombre premier et n un nombre entier quelconque; on a*

$$f\left(x^{p^n}\right) = [f(x)]^{p^n} + p\chi(x),$$

$\chi(x)$ désignant une fonction entière.

Soit

$$f(x) = a_0 + a_1 x + a_2 x^2 + \dots + a_m x^m;$$

la puissance $p^{\text{ième}}$ de $f(x)$ renferme d'abord les puissances $p^{\text{ièmes}}$ des différents termes; elle renferme en outre d'autres termes contenant certaines puissances de plusieurs termes de $f(x)$;

le coefficient de l'un quelconque de ces derniers a la forme

$$\frac{1.2\ldots p}{(1.2\ldots q_1)\ldots(1.2\ldots q_k)},$$

$q_1, q_2, \ldots q_k$ étant des nombres inférieurs à p, il est donc divisible par p et l'on a

$$\left[f(x)\right]^p + p\chi(x) = a_0^p + a_1^p x^p + a_2^p x^{2p} + \ldots + a_m^p x^{mp};$$

mais, par le théorème de Fermat,

$$a^p \equiv a \qquad (\text{mod } p);$$

donc

$$\left[f(x)\right]^p + p\chi(x) = a_0 + a_1 x^p + a_2 x_{2p} + \ldots + a_m x^{mp}$$

ou

$$f(x^p) = \left[f(x)\right]^p + p\chi(x),$$

$\chi(x)$ étant une fonction entière.

Si l'on écrit $x^{p^{n-1}}$ au lieu de x, il viendra

$$f(x^{p^n}) = [f(x^{p^{n-1}})]^p + p\chi(x),$$

$\chi(x)$ désignant ici une nouvelle fonction entière; cela posé, admettons que l'on ait

$$f(x^{p^{n-1}}) \equiv [f(x)]^{p^{n-1}} + p\chi(x);$$

en élevant cette égalité à la puissance p, et en ayant égard à la précédente, on aura

$$f(x^{p^n}) = [f(x)]^{p^n} + p\chi(x).$$

Il résulte de là que si cette dernière égalité a lieu pour une valeur de l'exposant n, elle aura lieu aussi pour la valeur immédiatement supérieure; d'ailleurs elle a été démontrée pour $n = 1$, donc elle est générale.

THÉORÈME II. — *Une fonction entière* $F(x)$ *du degré* ν, *irréductible suivant le module premier* p, *ne divise la fonction* $x^{p^\mu} - x$, *suivant le même module, que dans le cas où* μ *est un multiple de* ν.

Je dis en premier lieu que si l'on a $\mu < \nu$, la fonction $x^{p^\mu} - x$ n'est pas divisible par $F(x)$ suivant le module p, c'est-à-dire qu'on ne peut avoir

$$x^{p^\mu} - x = F(x)\varphi(x) + p\chi(x), \tag{1}$$

$\varphi(x)$ et $\chi(x)$ étant des polynômes à coefficients entiers. Admettons, en effet, que cette égalité (1) ait lieu, et posons

$$f(x) = a_0 + a_1 x + a_2 x^2 + \ldots + a_{\nu-1} x^{\nu-1},$$

a_0, a_1, ... étant des entiers quelconques compris entre zéro et $p-1$. On aura, d'après le lemme qui précède,

$$\left[f(x)\right]^{p^\mu} = f\left(x^{p^\mu}\right) + p\chi_1(x),$$

$\chi_1(x)$ étant une fonction entière, et si, dans le second membre de cette identité, on remplace x^{p^μ} par la valeur

$$x + F(x)\varphi(x) + p\chi(x)$$

tirée de la formule (1), il est évident que ce second membre prendra la forme

$$f(x) + F(x)\Phi(x) + p\Psi(x),$$

Φ et Ψ étant des polynômes à coefficients entiers; on aura donc

$$\left[f(x)\right]^{p^\mu} - f(x) = F(x)\Phi(x) + p\Psi(x). \tag{2}$$

Il résulte de cette formule (2) que si, dans la fonction

$$X^{p^\mu} - X,$$

qui est du degré p^μ, on remplace X par chacune des p^ν

fonctions réduites suivant le module p et la fonction $F(x)$, on obtiendra p^ν résultats qui seront tous divisibles par $F(x)$, suivant le module p. Or cela est impossible si $\mu < \nu$ d'après ce qu'on a vu au paragraphe IV; donc la formule (1) ne peut avoir lieu dans ce cas.

Je dis, en second lieu, que la formule (1) ne peut avoir lieu que si μ est divisible par ν. En effet, soit q le quotient et r le reste de la division de μ par ν, en sorte qu'on ait

$$\mu = \nu q + r.$$

D'après le théorème I, $F(x)$ divise, suivant le module p, la fonction

$$x^{p^\nu} - x = x\left[x^{p^\nu - 1} - 1\right],$$

et celle-ci divise *algébriquement*

$$x\left[x^{p^{\nu q} - 1} - 1\right] = x^{p^{\nu q}} - x,$$

car l'exposant $p^{\nu q} - 1$ est un multiple de $p^\nu - 1$. Donc $x^{p^{\nu q}} - x$ est divisible, suivant le module p, par $F(x)$. Mais, par hypothèse, la fonction $x^{p^\mu} - x$ est elle-même divisible par $F(x)$, suivant le module p, donc il en sera de même de la différence

$$\left(x^{p^\mu} - x\right) - \left(x^{p^{\nu q}} - x\right) = x^{p^{\nu q + r}} - x^{p^{\nu q}}.$$

D'après le lemme démontré plus haut, cette différence est congrue, suivant le module p, à la puissance

$$\left[x^{p^r} - x\right]^{p^{\nu q}},$$

et cette puissance n'est divisible par $F(x)$ suivant le module p, que si la fonction

$$x^{p^r} - x$$

l'est elle-même. Or cela ne peut être, comme on l'a vu, à moins que l'on n'ait $r = 0$, puisque r est inférieur à ν.

VI.

Détermination du nombre des fonctions entières de degré ν irréductibles suivant un module premier p.

Nous sommes actuellement en mesure d'établir qu'il existe, dans chaque degré ν, des fonctions entières irréductibles suivant un module premier p; il est même facile, comme on va le voir, de déterminer le nombre de ces fonctions.

Considérons la fonction $x^{p^\nu} - x$ et supposons-la décomposée en facteurs irréductibles suivant le module premier p, de manière qu'on ait

$$F(x)F_1(x)F_2(x)\ldots = x^{p^\nu} - x + p\chi(x),$$

$F(x)$, $F_1(x)$, $F_2(x)$, etc., étant des fonctions entières irréductibles suivant le module p, et $\chi(x)$ une fonction entière quelconque.

Deux des facteurs F, F_1, F_2, etc., ne sauraient être égaux entre eux, puisque la fonction $x^{p^\nu} - x$ n'a aucun facteur commun avec sa dérivée. En outre les développements que nous avons présentés plus haut conduisent aux conséquences suivantes :

1° Toute fonction entière de degré ν, irréductible suivant le module premier p, fait partie de la suite $F(x)$, $F_1(x)$, $F_2(x)$, etc.;

2° Le degré de l'une quelconque des fonctions de cette suite est égal à ν ou à un diviseur de ν;

3° Celles des fonctions $F(x)$, $F_1(x)$, $F_2(x)$, etc., dont le degré μ est un diviseur de ν inférieur à ν, sont des diviseurs, suivant le module p, de la fonction $x^{p^\mu} - x$.

D'après cela, si l'on divise la fonction $x^{p^\nu} - x$, suivant le module p, par le produit de toutes les fonctions irréductibles qui divisent l'une des fonctions $x^{p^\mu} - x$ où μ est un diviseur de ν, on obtiendra un quotient V qui sera le produit de toutes les fonctions entières de degré ν, irréductibles suivant le module p.

Par exemple, si ν est un nombre premier, les facteurs irréductibles de $x^{p^\nu} - x$ sont tous du degré ν ou du degré 1; le produit des facteurs du premier degré est

$$x(x-1)(x-2)\ldots(x-p+1) \text{ ou } x^p - x.$$

On aura donc, dans ce cas,

$$V = \frac{x^{p^\nu} - x}{x^p - x};$$

le degré de V est ici $p^\nu - p$; par conséquent, *le nombre* N *des fonctions entières d'un degré premier* ν, *irréductibles suivant un module premier* p, *est*

$$N = \frac{p^\nu - p}{\nu}.$$

Passons maintenant au cas général; soit

$$\nu = q_1^{n_1} q_2^{n_2} \ldots q_m^{n_m},$$

$q_1, q_2, \ldots q_m$ étant des nombres premiers inégaux et $n_1, n_2, \ldots n_m$ des entiers positifs quelconques. Pour abréger l'écriture, je poserai, quel que soit l'entier λ,

$$x^{p^\lambda} - x = [\lambda],$$

et je ferai outre

$$X = [\nu],$$
$$X_1 = \left[\frac{\nu}{q_1}\right]\left[\frac{\nu}{q_2}\right]\cdots\left[\frac{\nu}{q_m}\right],$$
$$X_2 = \left[\frac{\nu}{q_1 q_2}\right]\left[\frac{\nu}{q_1 q_3}\right]\cdots\left[\frac{\nu}{q_{m-1} q_m}\right],$$
$$\cdots\cdots\cdots\cdots$$
$$X_m = \left[\frac{\nu}{q_1 q_2 \ldots q_m}\right];$$

la fonction X_k sera ainsi le produit de

$$\frac{m(m-1)\ldots(m-k+1)}{1\,.\,2\ldots k}$$

symboles [ ] et les dénominateurs des arguments de ces symboles seront les produits k à k des m nombres $q_1, q_2, \ldots q_m$. Cela posé, je dis que l'on aura

$$V = \frac{X X_2 X_4 X_6 \ldots}{X_1 X_3 X_5 \ldots}.$$

Concevons que le numérateur et le dénominateur de cette expression aient été décomposés en facteurs irréductibles, et désignons par $F(x)$ l'un de ces facteurs. Si $F(x)$ est du degré ν, il ne figurera que dans X; par suite il aura l'exposant 1 dans le numérateur de l'expression précédente, et le degré zéro dans le dénominateur.

Supposons que le degré μ de $F(x)$ soit inférieur à ν; quelques-uns des facteurs premiers q entreront dans ν au moins une fois de plus que dans μ; si l'on désigne par $q_1, q_2, \ldots q_s$ ces facteurs, dont le nombre s peut se réduire à 1, le degré μ divisera $\frac{\nu}{q_1 q_2 \ldots q_s}$, mais il ne divisera pas le quotient de ν par un nouveau facteur q tel que q_{s+1}. Le facteur irréductible $F(x)$ figure dans X à la première puissance; cherchons généralement avec quel exposant il se trouve dans X_k. Si l'on a $k > s$ la fonction X_k ne contient pas le facteur $F(x)$; mais si l'on a $k < s$ ou $k = s$, il est évident que X_k contiendra autant de facteurs égaux à $F(x)$ qu'il y a d'unités dans le nombre des combinaisons de s lettres prises k à k, nombre qui a pour valeur $\frac{s(s-1)\ldots(s-k+1)}{1.2\ldots k}$; par conséquent le numérateur et le dénominateur de l'expression que nous considérons contiendront le facteur $F(x)$ avec des exposants qui seront respectivement égaux à

$$1 + \frac{s(s-1)}{1.2} + \frac{s(s-1)(s-2)(s-3)}{1.2.3.4} + \ldots$$

et

$$\frac{s}{1} + \frac{s(s-1)(s-2)}{1.2.3} + \frac{s(s-1)\ldots(s-4)}{1.2.3.4.5} + \ldots$$

Mais ces deux nombres sont égaux, car leur différence est évidemment égale à $(1-1)^s$ ou à zéro. Donc le numérateur de notre expression est divisible, suivant le module p, par le dénominateur, et le quotient de la division est bien égal au produit V de toutes les fonctions entières de degré ν irréductibles suivant le module p.

Il convient au reste de remarquer que le numérateur de l'expression de V est *algébriquement* divisible par le dénominateur, et, pour démontrer ce fait, il suffit de reproduire le raisonnement dont nous venons de faire usage, en représentant toujours par μ un diviseur de ν et en substituant au polynôme $F(x)$ de degré μ l'un des facteurs linéaires qui divisent algébriquement $x^{p^\mu} - x$, mais qui ne divisent pas $x^{p^{\mu_1}} - x$, μ_1 étant $< \mu$.

Le degré du polynôme V peut être représenté par

$$p^\nu - \sum p^{\frac{\nu}{q_1}} + \sum p^{\frac{\nu}{q_1 q_2}} - \ldots + (-1)^{m-1} \sum p^{\frac{\nu}{q_1 q_2 \ldots q_{m-1}}} + (-1)^m p^{\frac{\nu}{q_1 q_2 \ldots q_m}},$$

et, puisque ce polynôme est le produit de toutes les N fonctions entières de degré ν, irréductibles suivant le module p, on aura :

$$N = \frac{p^\nu - \sum p^{\frac{\nu}{q_1}} + \sum p^{\frac{\nu}{q_1 q_2}} - \ldots + (-1)^{m-1} \sum p^{\frac{\nu}{q_1 \ldots q_{m-1}}} + (-1)^m p^{\frac{\nu}{q_1 q_2 \ldots q_m}}}{\nu}.$$

On peut conclure de la formule précédente deux limites fort simples du nombre N des congruences irréductibles de degré ν, suivant le module premier p. Effectivement en partant de la formule

$$p^t = 1 + \frac{t \log p}{1} + \frac{t^2 \log^2 p}{1.2} + \ldots,$$

on obtient

$$\begin{aligned} N = & \left(1 - \frac{1}{q_1}\right)\left(1 - \frac{1}{q_2}\right) \ldots \left(1 - \frac{1}{q_m}\right) \frac{\log p}{1} \\ & + \left(1 - \frac{1}{q_1^2}\right)\left(1 - \frac{1}{q_2^2}\right) \ldots \left(1 - \frac{1}{q_m^2}\right) \frac{\nu \log^2 p}{1.2} \\ & + \ldots \\ & + \left(1 - \frac{1}{q_1^k}\right)\left(1 - \frac{1}{q_2^k}\right) \ldots \left(1 - \frac{1}{q_m^k}\right) \frac{\nu^{k-1} \log^k p}{1.2\ldots k} \\ & + \ldots \end{aligned}$$

la caractéristique *log* exprimant ici des logarithmes nepériens.

On tire d'abord de cette formule

$$N < \left(1 - \frac{1}{\nu}\right)\frac{\log p}{1} + \left(1 - \frac{1}{\nu^2}\right)\frac{\nu \log^2 p}{1.2} + \left(1 - \frac{1}{\nu^3}\right)\frac{\nu^2 \log^3 p}{1.2.3} + \ldots,$$

ou

$$N < \frac{p^\nu - p}{\nu},$$

puis

$$N > \frac{\varphi(\nu)}{\nu}\left[\frac{\log p}{1} + \frac{1-\frac{1}{\nu^2}}{1-\frac{1}{\nu}}\frac{\nu\log^2 p}{1.2} + \frac{1-\frac{1}{\nu^3}}{1-\frac{1}{\nu}}\frac{\nu^2\log^2 p}{1.2.3} + \ldots\right],$$

ou

$$N > \frac{\varphi(\nu)}{\nu-1}\,\frac{p^\nu - p}{\nu},$$

$\varphi(\nu)$ désignant la totalité des nombres premiers et inférieurs à ν. Les deux limites que nous venons de trouver expriment l'une et l'autre la valeur de N quand ν est un nombre premier.

VII.

Sur la décomposition d'une fonction entière donnée en facteurs irréductibles suivant un module premier.

S'il s'agit de décomposer une fonction donnée $\mathcal{f}(x)$ en facteurs irréductibles suivant le module premier p, on devra d'abord chercher si cette fonction a des diviseurs multiples; car si elle en admet, elle sera de la forme

$$\mathcal{f}(x) \equiv V_1^{n_1} V_2^{n_2} V_3^{n_3} \ldots \qquad (\text{mod. } p),$$

$V_1, V_2, \ldots$ étant des fonctions entières qui n'admettent que des facteurs simples et que l'on peut obtenir, comme on l'a vu, par de simples divisions algébriques.

La question est donc ramenée au cas où $\mathcal{f}(x)$ n'a que des facteurs simples; alors cette fonction et sa dérivée n'ont aucun diviseur commun, suivant le module p.

Cela posé, on aura le produit des facteurs du premier degré de $\mathcal{f}(x)$ en cherchant le plus grand commun diviseur des polynômes $\mathcal{f}(x)$ et $x^p - x$; désignons par P_1 ce plus grand commun diviseur qui peut se réduire à l'unité, et posons

$$\mathcal{F}(x) \equiv P_1 \mathcal{F}_1(x), \qquad (\text{mod. } p),$$

$\mathcal{F}_1(x)$ étant une fonction entière.

On aura de même le produit des facteurs irréductibles du deuxième degré de $\mathcal{F}(x)$ ou de $\mathcal{F}_1(x)$, en cherchant le plus grand commun diviseur des polynômes $\mathcal{F}_1(x)$ et $x^{p^2} - x$, et si P_2 désigne ce plus grand commun diviseur, lequel peut encore être égal à 1, on aura

$$\mathcal{F}_1(x) \equiv P_2 \mathcal{F}_2(x), \qquad (\text{mod. } p),$$

$\mathcal{F}_2(x)$ étant une fonction entière.

Pareillement le plus grand commun diviseur P_3 des fonctions $\mathcal{F}_2(x)$ et $x^{p^3} - x$ donnera, s'il ne se réduit pas à 1, le produit des diviseurs du troisième degré; on aura

$$\mathcal{F}_2(x) \equiv P_3 \mathcal{F}_3(x) \qquad (\text{mod. } p),$$

et ainsi de suite. Il est évident qu'en continuant ainsi on trouvera nécessairement une fonction $\mathcal{F}_m(x)$ qui se réduira à l'unité, et l'on aura

$$\mathcal{F}(x) \equiv P_1 P_2 P_3 \ldots P_m \qquad (\text{mod. } p).$$

Il reste, pour achever la solution, à décomposer chacun des polynômes P_ν en facteurs irréductibles du degré ν. Pour cela, la méthode la plus générale consiste à effectuer la division du polynôme P_ν par la fonction

$$F(x) = x^\nu + A_1 x^{\nu-1} + A_2 x^{\nu-2} + \ldots + A_{\nu-1} x + A_\nu,$$

dans laquelle les coefficients sont indéterminés, et à exprimer que les ν termes du reste sont congrus à zéro suivant le module p. On obtiendra ainsi un système de ν congruences au moyen desquelles on pourra déterminer les ν coefficients $A_1, A_2, \ldots A_\nu$. Si $\mu\nu$ désigne le degré de la fonction P_ν, il est évident que le système de congruences dont il vient d'être question admettra μ systèmes de solutions qui répondront respectivement aux μ polynômes irréductibles de degré ν dont le produit est égal à P_ν.

Le problème dont nous venons de nous occuper comprend comme cas particulier celui qui a pour objet la recherche de toutes les fonctions entières de degré ν, irréductibles suivant le module p. On tombe effectivement sur ce dernier problème, en supposant dans ce qui précède

$$\mathcal{f}(x) = x^{p^\nu} - x.$$

VIII.

Classification des fonctions entières du degré ν irréductibles suivant le module premier p.

Soit n un diviseur de $p^\nu - 1$, la fonction $x^n - 1$ divisera $x^{p^\nu - 1} - 1$ ou $x^{p^\nu} - x$; si donc on la décompose en facteurs irréductibles, suivant le module p, en sorte qu'on ait

$$F(x)\, F_1(x)\, F_2(x) \ldots = x^n - 1 + p\chi(x),$$

$\chi(x)$ étant une fonction entière, les fonctions $F(x)$, $F_1(x)$, ... feront partie de la suite des facteurs irréductibles de $x^{p^\nu} - x$, et en conséquence leur degré sera égal à ν ou à un diviseur de ν.

Si $F(x)$ est une fonction entière du degré ν, irréductible suivant le module p, et que n représente le plus petit nombre tel que $x^n - 1$ soit divisible par $F(x)$ suivant le module p, je dirai que *la fonction* $F(x)$ *appartient à l'exposant* n. Il est évident que n est un diviseur de $p^\nu - 1$, car $F(x)$ divisant, suivant le module p, les deux fonctions $x^{p^\nu-1}-1$ et x^n-1, elle divisera aussi $x^\theta-1$, si l'on désigne par θ le plus grand commun diviseur des nombres $p^\nu-1$ et n; et, puisque $F(x)$ appartient à l'exposant n, il est nécessaire que l'on ait $\theta=n$. On voit aussi que n doit être un *diviseur propre* à $p^\nu-1$, c'est-à-dire que n ne peut diviser $p^\mu-1$ si μ est $<\nu$; car s'il en était autrement, x^n-1 serait un diviseur de $x^{p^\mu-1}-1$ et cette dernière fonction serait alors divisible par $F(x)$ suivant le module p, ce qui est impossible dans l'hypothèse de $\mu<\nu$.

Cela posé, nous nous proposons de déterminer le nombre des fonctions entières de degré ν, irréductibles suivant le module premier p et qui appartiennent à l'exposant n diviseur propre de $p^\nu-1$.

Le nombre n étant décomposé en facteurs premiers, soit

$$n=q_1^{\alpha_1}q_2^{\alpha_2}\ldots q_m^{\alpha_m},$$

$q_1, q_2, \ldots q_m$ étant des nombres premiers inégaux; posons aussi

$$X=x^n-1,$$

$$X_1=\left(x^{\frac{n}{q_1}}-1\right)\left(x^{\frac{n}{q_2}}-1\right)\ldots\left(x^{\frac{n}{q_m}}-1\right),$$

$$X_2=\left(x^{\frac{n}{q_1q_2}}-1\right)\left(x^{\frac{n}{q_1q_3}}-1\right)\ldots\left(x^{\frac{n}{q_{m-1}q_m}}-1\right),$$

$$\ldots\ldots\ldots\ldots\ldots\ldots\ldots\ldots\ldots$$

$$X_m=\left(x^{\frac{n}{q_1q_2\ldots q_m}}-1\right),$$

la fonction X_k sera, comme on le voit, le produit de

$$\frac{m(m-1)\ldots(m-k+1)}{1\,.\,2\ldots k}$$

facteurs qui se déduiront de $x^{\frac{n}{\theta_k}}-1$ en prenant pour θ_k les produits k à k des facteurs $q_1, q_2, \ldots q_m$. Si l'on désigne enfin par V le produit de toutes les fonctions entières de degré ν, irréductibles suivant le module p, et qui appartiennent à l'exposant n, je dis que l'on aura :

$$V=\frac{XX_2X_4X_6\ldots}{X_1X_3X_5\ldots}.$$

Pour justifier cette assertion, nous emploierons un raisonnement semblable à celui dont nous avons fait usage au paragraphe VI. Les deux termes de l'expression de V étant décomposés en facteurs irréductibles, soit $F(x)$ l'un de ces facteurs; si la fonction $F(x)$ appartient à l'exposant n, elle ne figurera que dans X; en conséquence, elle aura l'exposant 1 au numérateur de V et l'exposant zéro au dénominateur. Si $F(x)$ appartient à un exposant n' inférieur à n, n' divisera les quotients obtenus en divisant n par quelques-uns des nombres q, par exemple $q_1, q_2, \ldots q_s$: le facteur $F(x)$ figure dans X à la première puissance; il ne figure point dans X_k si l'on a $k>s$; mais, si l'on a $k<s$, $F(x)$ entrera dans X_k avec l'exposant $\frac{s(s-1)\ldots(s-k+1)}{1.2\ldots k}$ qui est égal au nombre des combinaisons de s lettres prises k à k. Il résulte de là que quand on aura simplifié l'expression de V, le facteur $F(x)$ aura l'exposant

$$1-\frac{s}{1}+\frac{s(s-1)}{1.2}-\ldots=(1-1)^s=0,$$

et, en conséquence, la fonction V est égale au produit de toutes les fonctions irréductibles de degré ν qui appartiennent à l'exposant n; nous désignerons par N le nombre de ces fonctions.

Le degré de la fonction V est

$$n-\left(\frac{n}{q_1}+\frac{n}{q_2}+\ldots+\frac{n}{q_m}\right)+\left(\frac{n}{q_1 q_2}+\frac{n}{q_1 q_3}+\ldots\right)-\ldots\pm\frac{n}{q_1 q_2\ldots q_m}$$

ou

$$n\left(1-\frac{1}{q_1}\right)\left(1-\frac{1}{q_2}\right)\ldots\left(1-\frac{1}{q_m}\right);$$

on a donc

$$N=\frac{1}{\nu}\,n\left(1-\frac{1}{q_1}\right)\left(1-\frac{1}{q_2}\right)\ldots\left(1-\frac{1}{q_m}\right),$$

ou

$$N=\frac{\varphi(n)}{\nu},$$

$\varphi(n)$ étant le nombre des entiers inférieurs à n et premiers à n.

Si n est un nombre premier, la formule précédente se réduit à

$$N=\frac{n-1}{\nu},$$

et l'on en tire

$$n=\nu N+1,$$

d'où il résulte que tout nombre premier, diviseur propre à $p^\nu-1$ est de la forme $k\nu+1$, ce qui rentre dans un théorème dû à Euler.

D'après ce qui précède, on voit que les fonctions entières de degré ν, irréductibles suivant le module p, se partagent naturellement en plusieurs classes, d'après l'exposant auquel elles appartiennent. L'une de ces classes comprend les fonctions qui appartiennent à l'exposant $p^\nu-1$ et qui jouent un rôle important dans la théorie que nous exposons; on a, par exemple, la propriété remarquable comprise dans le théorème suivant :

Théorème. — *Si* $F(x)$ *désigne une fonction entière de degré* ν, *irréductible suivant le module* p, *et appartenant à l'exposant* $p^\nu - 1$, *on obtiendra les* $p^\nu - 1$ *fonctions entières de degré* $\nu - 1$, *distinctes suivant le module* p, *en prenant les restes de la division par* $F(x)$ *des puissances*

$$x,\ x^2,\ x^3,\ \ldots\ x^{p^\nu - 1}.$$

En effet deux de ces puissances x^m et x^{n+m}, divisées par $F(x)$ donnent des restes du degré $\nu - 1$ incongrus suivant le module p; car si le contraire avait lieu, l'expression

$$x^{n+m} - x^m \text{ ou } x^m(x^n - 1)$$

serait divisible par $F(x)$ suivant le module p, et il en serait de même de $x^n - 1$: or cela est impossible, puisque n est moindre que l'exposant $p^\nu - 1$ auquel appartient $F(x)$.

J'indiquerai ici une conséquence importante de la théorie que nous venons d'exposer et qui consiste dans la proposition suivante :

Théorème. — *Si* n *est un nombre premier, que* a *soit une racine primitive de* n, *et que le module* p *soit de la forme* $a + kn$, *la fonction*

$$\frac{x^n - 1}{x - 1}$$

sera irréductible suivant le module p.

En effet, soit ν le degré d'un facteur irréductible $F(x)$ de fonction dont il s'agit. Ce facteur appartient à l'exposant n puisque n est premier; par conséquent n est un diviseur de $p^\nu - 1$. Or $p - kn$ est une racine primitive de n, donc on a $\nu = n - 1$.

COROLLAIRE. — *Si n est premier, la fonction* $\frac{x^n - 1}{x - 1}$ *est* ALGÉBRIQUEMENT *irréductible.*

En effet soit a une racine primitive de n. L'illustre Lejeune Dirichlet a prouvé que la progression arithmétique

$$a, \; a+n, \; a+2n, \; a+3n, \ldots$$

renferme une infinité de nombres premiers. Soit

$$p = a + kn$$

l'un de ces nombres premiers; la fonction $\frac{x^n - 1}{x - 1}$ sera irréductible suivant le module p; donc à plus forte raison, elle sera irréductible *algébriquement.*

IX.

Comparaison des fonctions entières irréductibles suivant le module p, qui appartiennent à des exposants formés des mêmes facteurs premiers.

Lorsque n est divisible par le module p, si l'on fait $n = pn'$, on aura

$$x^n - 1 \equiv (x^{n'} - 1)^p \pmod{p},$$

en sorte que la fonction $x^n - 1$ est ramenée à $x^{n'} - 1$.

Nous supposerons que n n'est pas divisible par p; alors si l'on désigne par ν le plus petit nombre tel que $p^\nu - 1$ soit divisible par n, la fonction $x^n - 1$ divisera $x^{p^\nu} - x$ suivant le module p et chacun de ses facteurs irréductibles sera d'un degré égal à ν ou égal à un diviseur de ν. Mais ceux de ces facteurs qui appartiennent à l'exposant n sont tous du degré ν et nous avons vu que leur nombre est égal à $\frac{\varphi(n)}{\nu}$, φ ayant la signification habituelle.

Cela posé, désignons par μ le plus petit nombre tel que $p^\mu - 1$ soit divisible par chacun des facteurs premiers qui divisent n, il est évident que ν sera un multiple de μ; car soit $\nu = \mu q + r$; les facteurs premiers de n divisent par hypothèse $p^{\mu q+r} - 1$ et $p^{\mu q} - 1$ qui est un multiple de $p^\mu - 1$; ils divisent par suite la différence $p^{\mu q+r} - p^{\mu q}$ ou $p^{\mu q}(p^r - 1)$. Mais cela est impossible à moins que r ne soit nul, puisque r est $< \mu$; donc on a

(1) $$\nu = q\mu.$$

Soit $\frac{p^\mu - 1}{d}$ le plus grand commun diviseur des nombres n et $p^\mu - 1$; si l'on fait

(2) $$n = \frac{p^\mu - 1}{d} \cdot \lambda,$$

λ et d seront premiers entre eux. On aura ensuite

(3) $$\frac{p^\nu - 1}{n} = \frac{d}{\lambda} \cdot \frac{p^{q\mu} - 1}{p^\mu - 1},$$

et comme le premier membre de cette formule est un nombre entier, λ sera un diviseur de $\frac{p^{q\mu} - 1}{p^\mu - 1}$.

En élevant à la puissance q l'identité

$$p^\mu = 1 + (p^\mu - 1),$$

il vient

(4) $$\frac{p^{q\mu}-1}{p^\mu-1} = \frac{q}{1} + \frac{q(q-1)}{1.2}(p^\mu-1) + \ldots + \frac{q(q-1)..(q-k+1)}{1.2\ldots k}(p^\mu-1)^{k-1} + ..$$

expression qui doit être divisible par λ.

Désignons par θ un facteur premier de λ, et soit θ^α la plus haute puissance de θ contenue dans λ. Comme θ est un diviseur de n et, par suite, de $p^\mu - 1$, on voit, par la formule (4) qu'il est aussi un diviseur de q; mais je dis en outre que si θ n'est pas égal à 2, chacun des termes de l'expression (4), à partir du deuxième, renferme une puissance plus élevée de θ que le premier terme. En effet le rapport du terme général au premier terme peut être mis sous la forme d'un produit de trois facteurs, savoir :

$$(5) \qquad \frac{(q-1)(q-2)\ldots(q-k+1)}{1.2\ldots(k-1)} \times \left(\frac{p^\mu - 1}{\theta}\right)^{k-1} \times \frac{\theta^{k-1}}{k};$$

les deux premiers facteurs sont des nombres entiers; quant au troisième facteur il est supérieur à

$$\frac{1+(k-1)(\theta-1)}{k} \quad \text{ou à} \quad 1 + \frac{(k-1)(\theta-2)}{k},$$

par suite, supérieur à 1, quand θ est > 2, puisque k est au moins égal à 2; la fraction irréductible égale à $\frac{\theta^{k-1}}{k}$ renferme donc le facteur θ à son numérateur. Le second membre de la formule (4) étant divisible par θ^α, il faut, d'après cela, que q soit divisible par θ^α.

Si donc λ est un nombre impair, q sera divisible par λ. Réciproquement si q est divisible par λ, l'expression (4) l'est évidemment aussi, et en conséquence le premier membre de la formule (3) est un nombre entier. On voit alors que, ν étant le plus petit nombre tel que $p^\nu - 1$ soit divisible par n, on doit avoir $q = \lambda$ et, par suite :

$$(6) \qquad \nu = \lambda\mu.$$

Examinons s'il y a lieu de modifier cette conclusion quand λ est pair. D'abord si λ est double d'un impair, l'expression (4) doit être divisible par 2, ce qui exige que q le soit aussi; donc pour que l'expression (3) soit un nombre entier, il est encore nécessaire et suffisant que q soit un multiple de λ, et la formule (6) subsiste.

Supposons donc que λ soit divisible par une puissance de 2 supérieure à la première. Quand on fait $\theta = 2$, dans l'expression (5), le troisième facteur devient $\frac{2^{k-1}}{k}$; il n'est jamais inférieur à 1, car k est au moins égal à 2, mais il se réduit à 1 pour $k=2$, et alors, il se peut que les deux premiers termes de l'expression (4) renferment le facteur 2 à la même puissance. Toutefois ce cas ne se présentera pas si $p^{\mu}-1$ est divisible par 4; c'est-à-dire si p est de la forme $4m+1$, ou si, p étant de la forme $4m-1$, μ est un nombre pair. En conséquence, la présence du facteur 2 dans λ n'exige aucune modification et la formule (6) subsiste.

Mais il n'en est plus ainsi, dans le cas où p est de la forme $4m-1$ et où μ est un nombre impair, λ étant divisible par une puissance de 2 supérieure à la première; il importe d'examiner ce cas avec attention. Dans l'hypothèse où nous nous plaçons on a

$$p = 2^i.t - 1, \quad \lambda = 2^j.s,$$

t et s étant des nombres impairs et les exposants i, j étant égaux ou supérieurs à 2. Comme μ est impair, la première de ces formules donnera

$$p^{\mu} = 2^i\theta - 1,$$

θ étant un nombre impair; en outre l'exposant q devant être pair, comme on l'a vu plus haut, on aura, en élevant la précédente formule à la puissance q,

$$(7)\ \frac{p^{\mu q}-1}{p^{\mu}-1}=\frac{2^{i-1}\theta}{2^{i-1}\theta-1}\left[-\frac{q}{1}+\frac{q(q-1)}{1.2}2^{i}\theta-\ldots+\frac{q\ldots(q-k+1)}{1.2..k}2^{i(k-1)}\theta^{k-1}+..\right].$$

Le rapport du terme général entre parenthèses au premier terme est

$$\frac{(q-1)\ldots(q-k+1)}{1.2\ldots(k-1)}\theta^{k-1}\times\frac{2^{i(k-1)}}{k};$$

i n'étant pas inférieur à 2, si l'on prend $k>1$, le dernier facteur de cette expression sera supérieur à 1, et la fraction irréductible qui lui est égale aura un numérateur pair; d'ailleurs les autres facteurs sont entiers, donc le premier des termes entre crochets, dans la formule (7), renferme le facteur 2 à une puissance moins élevée que les termes suivants. Alors si l'on désigne par ω le plus petit nombre de facteurs 2 qu'il faille introduire dans q pour que l'expression (3) soit entière, on aura

$$\omega=1 \quad \text{ou} \quad \omega=j-i+1,$$

savoir $\omega=1$, si l'on a

$$j< \quad \text{ou} \quad =i,$$

car il suffit alors que q soit pair, et $\omega=j-i+1$ si l'on a

$$j>i.$$

D'ailleurs dans l'un et l'autre cas, q ne doit contenir que les seuls facteurs premiers impairs de λ, donc on a

$$q=\frac{\lambda}{2^{j-1}} \quad \text{ou} \quad q=\frac{\lambda}{2^{i-1}},$$

et par suite

$$(8)\qquad \nu=\frac{\lambda\mu}{2^{j-1}},$$

ou

$$(9)\qquad \nu=\frac{\lambda\mu}{2^{i-1}}.$$

La formule (8) a lieu dans le cas de $j<i$, et la formule (9)

dans le cas de $j > i$; les deux formules coïncident quand $j = i$.

Nous allons développer actuellement les conséquences de l'analyse précédente. Considérons d'abord le cas où la formule (6) a lieu, et désignons par N le nombre des fonctions entières irréductibles du degré ν qui appartiennent à l'exposant n, on aura (§ VIII)

$$N = \frac{\varphi(n)}{\nu} = \frac{\varphi(n)}{\lambda\mu},$$

ou, à cause de la formule (2),

$$N = \frac{1}{\mu} \cdot \frac{p^\mu - 1}{d} \cdot \frac{\varphi(n)}{n}.$$

Soit n' un nombre contenant tous les facteurs premiers de n avec des exposants quelconques, mais n'en contenant pas d'autres, on aura

$$\frac{\varphi(n')}{n'} = \frac{\varphi(n)}{n},$$

et puisque $\frac{p^\mu - 1}{d}$ est le plus grand commun diviseur de n et de $p^\mu - 1$, on peut prendre

$$n' = \frac{p^\mu - 1}{d}.$$

Remplaçant donc n par cette valeur n', l'expression de N deviendra

$$(10) \qquad N = \frac{1}{\mu} \varphi\left(\frac{p^\mu - 1}{d}\right),$$

d'où il résulte que N représente aussi le nombre des fonctions irréductibles de degré μ qui appartiennent à l'exposant $\frac{p^\mu - 1}{d}$.

Posons pour abréger

$$\frac{p^\mu - 1}{d} = \delta, \quad \text{d'où} \quad n = \delta\lambda,$$

et décomposons $x^\delta - 1$ en facteurs irréductibles suivant le module p; soit

(11) $$x^\delta - 1 = \mathrm{F}(x)\,\mathrm{F}_1(x)\,\mathrm{F}_2(x)\ldots + p\chi(x).$$

L'exposant μ est le plus petit nombre tel que $x^{p^\mu - 1} - 1$ soit divisible par $x^\delta - 1$ suivant le module p; car s'il en était autrement et que δ divisât $p^{\mu'} - 1$, μ' étant $< \mu$, le nombre $p^{\mu'} - 1$ renfermerait tous les facteurs premiers de n, ce qui est contre l'hypothèse. Cette remarque nous confirme ce fait qui résulte d'ailleurs de notre analyse, savoir que le degré de chaque facteur irréductible de la formule (11) est égal à μ ou à un diviseur de μ.

Remplaçons maintenant x par x^λ dans la formule (11), il viendra

(12) $$x^n - 1 = \mathrm{F}(x^\lambda)\,\mathrm{F}_1(x^\lambda)\,\mathrm{F}_2(x^\lambda) + \ldots + p\chi(x^\lambda).$$

Soient

(13) $$\mathrm{F}(x),\ \mathrm{F}_1(x),\ \ldots\ \mathrm{F}_{N-1}(x)$$

les N facteurs du degré μ de la formule (11), il est évident que, dans la formule (12), les facteurs du degré $\lambda\mu = \nu$ seront

(14) $$\mathrm{F}(x^\lambda),\ \mathrm{F}_1(x^\lambda)\ldots\ \mathrm{F}_{N-1}(x^\lambda).$$

Or il y a N fonctions irréductibles du degré ν, lesquelles divisent $x^n - 1$ suivant le module p, donc ces fonctions ne sont autre chose que les polynômes (14); ce qui donne le théorème suivant :

THÉORÈME I. — *Si l'on a formé les* N *fonctions entières irréductibles de degré* μ *suivant le module p et appartenant à l'exposant* $\frac{p^\mu - 1}{d}$, *puis que l'on y remplace x par* x^λ, λ *étant un nombre premier avec d et qui ne renferme aucun facteur premier différent de ceux par lesquels* $p^\mu - 1$ *est divisible, on obtiendra* N *fonctions irréductibles du degré* $\lambda\mu$, *qui appartiendront à l'exposant* $\lambda \frac{p^\mu - 1}{d}$. *Il faut cependant excepter le cas où p étant de la forme* $4m - 1$, μ *est un nombre impair et* λ *un nombre divisible par* 4.

Considérons maintenant ce cas d'exception, dans lequel p est de la forme $4m - 1$, μ un nombre impair et λ un nombre divisible par 4. Alors l'une des formules (8) et (9) a lieu, et si l'on désigne encore par N le nombre des fonctions entières irréductibles du degré ν qui appartiennent à l'exposant n, on aura

$$N = \frac{\varphi(n)}{\nu} = 2^{k-1} \frac{\varphi(n)}{\lambda\mu},$$

en nommant k le plus petit des deux nombres i et j; on peut écrire aussi, à cause de la formule (2),

$$N = 2^{k-1} \frac{1}{\mu} \frac{p^\mu - 1}{d} \frac{\varphi(n)}{n}.$$

Comme tous les facteurs premiers de l'un des nombres n et $\frac{p^\mu - 1}{d}$ appartiennent aussi à l'autre, on peut encore remplacer ici

$$\frac{p^\mu - 1}{d} \frac{\varphi(n)}{n}$$

par $\varphi\left(\frac{p^\mu - 1}{d}\right)$, et on a

$$N = 2^{k-1} \frac{1}{\mu} \varphi\left(\frac{p^\mu - 1}{d}\right);$$

$\frac{N}{2^{k-1}}$ est donc le nombre des fonctions irréductibles du degré μ qui appartiennent à l'exposant $\frac{p^\mu - 1}{d} = \delta$.

Conservons la formule (11) qui donne la décomposition du binôme $x^\delta - 1$ en facteurs irréductibles, ainsi que la formule (12) qu'on en déduit en remplaçant x par x^λ. Ceux des facteurs $F(x), F_1(x), \ldots$ qui appartiennent à un exposant inférieur à δ, donneront, dans la formule (12), des facteurs correspondants dont les diviseurs irréductibles appartiendront à un exposant moindre que n. Donc chacun des facteurs irréductibles de $x^n - 1$ qui appartiennent à l'exposant n, est nécessairement un diviseur de l'un des $\frac{N}{2^{k-1}}$ polynômes

$$F(x^\lambda),\ F_1(x^\lambda),\ F_2(x^\lambda), \ldots$$

qui répondent aux $\frac{N}{2^{k-1}}$ facteurs

$$F(x),\ F_1(x),\ F_2(x), \ldots$$

relatifs à l'exposant δ. Les polynômes dont il s'agit sont du degré $\lambda\mu$, leur nombre est $\frac{N}{2^{k-1}}$, et le nombre des fonctions irréductibles du degré $\frac{\lambda\mu}{2^{k-1}}$, est N; donc chacun de nos polynômes est le produit de 2^{k-1} facteurs irréductibles du degré $\frac{\lambda\mu}{2^{k-1}}$. De là résulte la proposition suivante :

THÉORÈME II. — *Soient p un nombre premier de la forme $2^i t - 1$, où i n'est pas inférieur à 2 et où t est un nombre impair; μ un nombre impair; $\frac{p^\mu - 1}{d}$ un diviseur de $p^\mu - 1$; λ un nombre de la forme $2^j s$, où j n'est pas inférieur à 2 et où s est un nombre impair; enfin k le plus petit des nombres i et j.*

Si l'on a formé les $\frac{N}{2^{k-1}}$ fonctions entières irréductibles de degré μ, suivant le module p, qui appartiennent à l'exposant $\frac{p^\mu - 1}{d}$, puisqu'on y remplace x par x^λ, le nombre λ, de la forme indiquée, étant premier avec d et ne renfermant que les seuls facteurs premiers qui figurent dans $p - 1$, on obtiendra $\frac{N}{2^{k-1}}$ fonctions du degré $\lambda\mu$, et chacune d'elles sera décomposable en 2^{k-1} facteurs irréductibles, ce qui donnera en tout N polynômes irréductibles du degré $\frac{\lambda\mu}{2^{k-1}}$.

Si l'on désigne par g une racine primitive du nombre premier p, les fonctions du premier degré qui appartiennent à l'exposant $\frac{p-1}{d}$ seront évidemment $x - g^{\alpha d}$, α étant un nombre premier avec $\frac{p-1}{d}$. Si donc on représente ces fonctions par $x - g^e$, d sera le plus grand commun diviseur des nombres e et $p - 1$. D'après cela, en supposant $\mu = 1$, dans les énoncés des théorèmes I et II, on obtient cette proposition nouvelle qui a une assez grande importance, savoir :

THÉORÈME III. — *Soient g une racine primitive du nombre premier p, λ un nombre entier qui ne renferme aucun facteur premier différent de ceux qui divisent $p-1$, e un nombre entier premier avec λ, d le plus grand commun diviseur des nombres e et $p-1$.*

1° *Si p est de la forme $4m+1$, ou si, p étant de la forme $4m-1$, le nombre λ est impair ou double d'un impair, la fonction binôme $x^\lambda - g^e$ est irréductible suivant le module p et elle appartient à l'exposant $\lambda\frac{p-1}{d}$.*

2° *Si p et λ sont respectivement des formes $p=2^i t-1$, $\lambda=2^j s$, i et j étant au moins égaux à 2, et t, s étant des nombres impairs; si en outre on désigne par k le plus petit des nombres i, j, la fonction binôme $x^\lambda - g^e$ est réductible suivant le module p et elle se décompose en 2^{k-1} facteurs irréductibles du degré $\frac{\lambda}{2^{k-1}}$ qui, tous, appartiennent à l'exposant $\lambda\frac{p-1}{d}$.*

Ce théorème nous fait connaître, sans aucune exception, toutes les fonctions binômes irréductibles suivant le module premier p. En effet, la fonction $x^\lambda - g^e \pmod{p}$ ne saurait être irréductible si λ et e ont un diviseur commun. En outre si λ contient un facteur premier θ qui ne divise pas $p-1$, la congruence $x^\theta - g^e \equiv 0 \pmod{p}$ aura une racine et par conséquent $x^\theta - g^e$ admettra, suivant le module p, un diviseur de la forme $x-\alpha$; il s'ensuit que $x^{\frac{\lambda}{\theta}} - \alpha$ sera pareillement un diviseur de $x^\lambda - g^e$.

Lorsque p est un nombre de la forme $2^i t - 1$ où i est au moins égal à 2 et où t est un nombre impair, il n'existe de fonction binôme irréductible du degré λ, ainsi qu'on vient de le voir, que dans le cas où λ est impair ou double d'un impair. Mais quel que soit le nombre pair λ, pourvu qu'il ne renferme que les facteurs premiers par lesquels $p - 1$ est divisible, on peut former facilement des fonctions trinômes du degré λ irréductibles suivant le module p.

En effet, le nombre p étant, par hypothèse, de la forme

$$p = 2^i t - 1,$$

et t étant impair, posons

$$\nu = 2^{i-1} \lambda,$$

le nombre ν sera divisible par 2^i, car λ est pair. Ensuite si g désigne une racine primitive de p et que e soit un nombre premier avec λ, la fonction

$$x^\nu - g^e$$

sera, d'après le théorème III, décomposable en 2^{i-1} facteurs irréductibles du degré λ. Pour obtenir ces facteurs, remarquons d'abord que 2^i et $p - 1$ ont 2 pour plus grand commun diviseur et que e et $\frac{p-1}{2}$ sont impairs; il en résulte que l'on pourra toujours trouver deux entiers θ et ζ, tels que l'on ait

$$2^i\theta - (p-1)\zeta = e + \frac{p-1}{2};$$

alors g étant racine primitive de p, on aura

$$g^{2^i\theta} \equiv -g^e \qquad (\text{mod.}\, p),$$

et la fonction que nous considérons sera

$$x^\nu - g^e \equiv x^{2^{i-1}\lambda} + g^{2^i\theta} \qquad (\text{mod.}\, p).$$

Cela posé, désignons par u et v deux variables; les deux fonctions

$$u^{\frac{p+1}{2}} + v^{\frac{p+1}{2}}, \quad u^{\frac{p-1}{2}} + v^{\frac{p-1}{2}},$$

seront divisibles algébriquement, la première par $u^{2^{i-1}} + v^{2^{i-1}}$, la seconde par $u+v$, car t et $\frac{p-1}{2}$ sont des nombres impairs; le produit de ces fonctions peut donc être mis sous la forme

$$(u+v)(u^{2^{i-1}} + v^{2^{i-1}})f(u, v),$$

f étant un polynôme à coefficients entiers. Mais si l'on effectue la multiplication des deux mêmes fonctions, on trouve le résultat

$$(u^p + v^p) + (u+v)(uv)^{\frac{p-1}{2}};$$

nous savons d'ailleurs que

$$(u^p + v^p) = (u+v)^p + p\chi(u, v);$$

et il est évident que $\chi(u, v)$ est divisible par $u+v$, en sorte qu'on peut écrire

$$u^p + v^p = (u+v)^p - p(u+v)f_1(u, v),$$

f_1 étant un polynôme à coefficients entiers. En égalant entre elles les deux expressions du produit que nous considérons, après avoir supprimé le facteur $u+v$, on obtient l'identité suivante

$$(15) \quad (u+v)^{p-1} + (uv)^{\frac{p-1}{2}} = (u^{2^{i-1}} + v^{2^{i-1}})f(u, v) + pf_1(u, v),$$

où f et f_1 sont évidemment des polynômes à coefficients entiers, fonctions symétriques des variables u et v.

Remplaçons maintenant u et v par les deux racines de l'équation

$$X^2 - \xi X - 1 = 0,$$

où ξ désigne une nouvelle variable; toutes les fonctions symétriques entières de u et de v, à coefficients entiers, deviendront des fonctions entières de ξ, dans lesquelles les coefficients seront encore entiers; la formule (15) donne donc

$$(16) \qquad \xi^{p-1} - 1 = \mathrm{E}(\xi)\,\psi(\xi) + p\,\chi(\xi),$$

en posant

$$\mathrm{E}(\xi) = u^{2^{i-1}} + v^{2^{i-1}},$$

$$(17) \quad \mathrm{E}(\xi) = \left[\frac{\xi}{2} + \sqrt{\frac{\xi^2}{4} + 1}\right]^{2^{i-1}} + \left[\frac{\xi}{2} - \sqrt{\frac{\xi^2}{4} + 1}\right]^{2^{i-1}},$$

et en désignant par $\psi(\xi)$, $\chi(\xi)$ des polynômes à coefficients entiers.

Maintenant, comme le polynôme $\mathrm{E}(\xi)$ est un diviseur de

$$\xi^{p-1} - 1 - p\chi(\xi),$$

la congruence

$$(18) \qquad \mathrm{E}(\xi) \equiv 0 \qquad (\text{mod. } p)$$

qui est du degré 2^{i-1} aura 2^{i-1} racines, et en désignant ces racines par

$$\xi_1,\ \xi_2,\ \ldots\ \xi_{2^{i-1}},$$

on aura

$$(19) \qquad \mathrm{E}(\xi) = (\xi - \xi_1)(\xi - \xi_2)\ldots(\xi - \xi_{2^{i-1}}) + p\pi(\xi),$$

$\pi(\xi)$ étant un polynôme à coefficients entiers.

Les formules (17) et (19) donnent pour $\mathrm{E}(\xi)$ des valeurs qui doivent être identiques; si on les égale entre elles, et qu'on pose

$$\xi = \frac{x^{\frac{\lambda}{2}}}{g^{\theta}} - \frac{g^{\theta}}{x^{\frac{\lambda}{2}}}, \quad \sqrt{\xi^2 + 4} = \frac{x^{\frac{\lambda}{2}}}{g^{\theta}} + \frac{g^{\theta}}{x^{\frac{\lambda}{2}}},$$

il viendra, après avoir chassé les dénominateurs,

$$x^{2^{i-1}\lambda} + g^{2^{i}\theta} = \Pi\left(x^{\lambda} - \xi\, g^{\theta} x^{\frac{\lambda}{2}} - g^{2\theta}\right) + p\Phi(x);$$

$\Phi(x)$ désigne un polynôme à coefficients entiers, et le signe Π exprime le produit des facteurs que représente l'expression

$$x^{\lambda} - \xi g^{\theta} x^{\frac{\lambda}{2}} - g^{2\theta},$$

quand on prend pour ξ chacune des racines de la congruence (18). Les facteurs dont il s'agit sont précisément les fonctions irréductibles que nous voulions trouver.

X.

Sur une fonction irréductible du degré p, suivant le module p.

La méthode que nous avons exposée au § VII pour former les fonctions irréductibles n'est guère susceptible d'être appliquée. Aussi doit-on attacher quelque importance aux théorèmes qui précèdent et qui permettent de former directement une fonction irréductible du degré λ, lorsque ce nombre λ ne renferme que les facteurs premiers du module diminué de l'unité; on verra effectivement plus loin que la connaissance d'une fonction irréductible d'un degré quelconque, suivant un module premier, suffit pour qu'on puisse former directement toutes les autres fonctions irréductibles du même degré.

Je présenterai encore ici une proposition qui fait connaître une fonction irréductible du degré premier p, suivant le module p.

THÉORÈME. — *Si le nombre g n'est pas divisible par le nombre premier p, la fonction $x^p - x - g$ est irréductible suivant le module p.*

En effet, soit F (x) un facteur irréductible, suivant le module p, de la fonction dont il s'agit. On aura

$$x^p - x - g \equiv F(x)\,\varphi(x) \qquad (\text{mod. } p),$$

φ (x) étant un polynôme à coefficients entiers. On tire de là

$$x^p \equiv x + g + F(x)\,\varphi(x) \qquad (\text{mod. } p),$$

et en élevant les deux membres à la puissance p^{m-1},

$$x^{p^m} \equiv x^{p^{m-1}} + g + F(x)\,\varphi(x) \qquad (\text{mod. } p),$$

φ (x) désignant encore ici un polynôme à coefficients entiers.

Faisons successivement $m = 1, 2, 3, \ldots$ il viendra

$$\left.\begin{array}{l} x^p \equiv x + g + F(x)\varphi(x) \\ x^{p^2} \equiv x^p + g + F(x)\varphi(x) \equiv x + 2g + F(x)\varphi(x) \\ x^{p^3} \equiv x^{p^2} + g + F(x)\varphi(x) \equiv x + 3g + F(x)\varphi(x) \\ \ldots\ldots\ldots\ldots\ldots\ldots \end{array}\right\} (\text{mod. } p),$$

et on aura, quel que soit m,

$$x^{p^m} \equiv x + mg + F(x)\,\varphi(x) \qquad (\text{mod. } p).$$

Supposons maintenant que m désigne le degré de F (x); alors F (x) divisant $x^{p^m} - x$, la formule précédente exige que l'on ait

$$mg \equiv 0 \quad \text{ou} \quad m \equiv 0 \qquad (\text{mod. } p);$$

m étant ainsi un multiple de p, on a $m = p$; par suite F (x) ne peut être que la fonction $x^p - x - g$ elle-même.

XI.

Classification des fonctions réduites suivant un module premier et suivant une fonction irréductible.

Soit $F(x)$ une fonction entière irréductible suivant le module premier p; si l'on pose

$$f(x) = a_0 + a_1 x + a_2 x^2 + \ldots + a_{\nu-1} x^{\nu-1},$$

$a_0, a_1, \ldots a_{\nu-1}$ étant des entiers compris entre o et $p-1$, ou entre $-\frac{p-1}{2}$ et $+\frac{p-1}{2}$, $f(x)$ sera l'expression générale des fonctions réduites suivant le module p et suivant la fonction irréductible $F(x)$. Le nombre total de ces fonctions réduites est p^ν et nous avons vu que chacune d'elles satisfait à la condition

$$[f(x)]^{p^\nu} - f(x) \equiv F(x)\psi(x) \quad (\text{mod. } p),$$

qui exprime que la fonction

$$[f(x)]^{p^\nu} - f(x)$$

est divisible par $F(x)$ suivant le module p.

Nous nous proposons d'établir ici à l'égard des fonctions $f(x)$ une classification de tout point semblable à celle que l'on adopte à l'égard des nombres entiers dans la théorie des nombres. L'analyse que nous allons développer ne suppose pas le théorème que nous venons de rappeler; celui-ci au contraire se présentera comme une conséquence de cette analyse.

Dans ce qui va suivre, je ferai usage d'une notation particulière qu'il convient, je crois, d'introduire dans la théorie qui nous occupe. Puisque nous écrivons $A \equiv B \pmod{p}$ pour exprimer que la différence des nombres A et B est divisible par p, il semble naturel d'admettre la notation

$$\mathfrak{f}(x) \equiv f(x) \quad [\text{mod. } p, F(x)],$$

pour exprimer que la différence des deux fonctions entières $\mathfrak{f}(x)$, $f(x)$ est divisible, suivant le module p, par la fonction irréductible $F(x)$. Celle-ci prendra alors le nom de *fonction modulaire* et je dirai que $F(x)$ et $f(x)$ sont *congrues suivant le module p et suivant la fonction modulaire* $F(x)$. Enfin, pour abréger le langage, je donnerai le nom de *résidus minima* aux fonctions réduites suivant le module et suivant la fonction modulaire.

Cela posé, soit X l'une quelconque des $p^\nu - 1$ valeurs de $f(x)$ autres que zéro; nous ferons toujours, dans ce qui va suivre, abstraction de la valeur zéro.

Les résidus minima des termes de la suite

$$1, X, X^2, X^3, \ldots$$

sont aussi des valeurs de $f(x)$. Mais parce que $f(x)$ n'a que $p^\nu - 1$ valeurs distinctes, il faut que quelques-unes de ces valeurs se trouvent reproduites une infinité de fois dans la série des puissances de X. Supposons que l'on ait

$$X^{n+n'} \equiv X^{n'} \quad [\text{mod. } p, F(x)],$$

ou

$$X^{n'}(X^n - 1) \equiv 0 \quad [\text{mod. } p, F(x)].$$

Comme $X^{n'}$ ne peut être divisible par $F(x)$, suivant le module p, il faut que l'on ait

$$X^n \equiv 1 \quad [\text{mod. } p, F(x)],$$

et, par suite,

$$X^{2n} \equiv 1, \ X^{3n} \equiv 1, \ldots \quad [\text{mod. } p, \ F(x)].$$

Il y a donc une infinité de puissances de X congrues à l'unité. Soit n le plus petit nombre tel que l'on ait

$$X^n \equiv 1 \quad [\text{mod. } p, \ F(x)],$$

on aura ces n valeurs de $f(x)$ dont les résidus minima seront distincts, savoir :

(1) $\qquad 1, \ X, \ X^2, \ X^3, \ldots X^{n-1}.$

Si l'on a $p^\nu - 1 = n$, la suite (1), ou celle de ses résidus minima, comprendra toutes les valeurs de $f(x)$.

Si l'on a $p^\nu - 1 > n$, soit X_1 l'une des valeurs de $f(x)$ qui ne sont pas comprises parmi les résidus minima de la suite (1); en multipliant les fonctions (1) par X_1, on obtient les nouvelles fonctions

(2) $\qquad X_1, \ XX_1, \ X^2X_1, \ldots X^{n-1}X_1,$

dont les résidus minima sont distincts; car, soient n' et n'' deux nombres inférieurs à n; si l'on avait

$$X^{n'}X_1 - X^{n''}X_1 \equiv 0 \quad [\text{mod. } p, \ F(x)],$$

comme X_1 ne peut être divisible par $F(x)$, suivant le module p, on aurait

$$X^{n'} - X^{n''} \equiv 0 \quad [\text{mod. } p, \ F(x)],$$

ce qui est contre l'hypothèse. En outre, les quantités (2) sont distinctes de (1); car, si l'on avait, par exemple,

$$X^{n'}X_1 \equiv X^{n''} \quad [\text{mod. } p, \ F(x)],$$

on aurait, en multipliant par $X^{n-n'}$,

$$X^n X_1 \equiv X^{n-n'+n''} \quad \text{ou} \quad X_1 \equiv X^{n-n'+n''} \quad [\text{mod. } p, \ F(x)],$$

ce qui est encore contraire à l'hypothèse.

Il résulte de là que $p^\nu - 1$ est égal ou supérieur à $2n$. Si $p^\nu - 1$ est $> 2n$, soit X_2 une valeur de $f(x)$ non comprise parmi les résidus minima des suites (1) et (2). En multipliant les fonctions (1) par X_2, on obtient les nouvelles fonctions

$$(3) \qquad X_2,\ XX_2,\ X^2X_2, \ldots X^{n-1}X_2.$$

Le raisonnement que nous venons de faire prouve que les résidus minima de ces fonctions (3) sont différents entre eux et distincts des résidus fournis par la suite (1); il est aisé de voir qu'ils sont aussi distincts des résidus de la suite (2); car si l'on avait par exemple

$$X^{n'}X_2 \equiv X^{n''}X_1,$$

en multipliant par $X^{n-n'}$, il viendrait

$$X^nX_2 \equiv X^{n-n'+n''}X_1 \quad \text{ou} \quad X_2 \equiv X^{n-n'+n''}X_1, \quad [\text{mod.}\, p, F(x)],$$

ce qui est contre l'hypothèse.

Il résulte de là que $p^\nu - 1$ est égal ou supérieur à $3n$. Et, en poursuivant ce raisonnement, on voit que $p^\nu - 1$ est nécessairement un multiple de n.

Si n est le plus petit nombre tel que l'on ait

$$X^n \equiv 1 \quad [\text{mod.}\, p, F(x)],$$

je dirai que la fonction X *appartient à l'exposant n, suivant le module p et la fonction modulaire* F (x). Ce nombre n étant un diviseur de $p^\nu - 1$, la précédente congruence entraîne

$$X^{p^\nu - 1} - 1 \equiv 0 \quad [\text{mod.}\, p, F(x)],$$

ce qui fournit une nouvelle démonstration du théorème démontré au § VI.

Cela posé, la classification que nous avons en vue résultera de la proposition suivante :

THÉORÈME I. — *La fonction* F (x) *irréductible suivant le module* p *étant du degré* ν, *et* n *désignant un diviseur quelconque de* $p^\nu - 1$, *il y a autant de fonctions réduites qui appartiennent à l'exposant* n, *suivant le double module* $[p, F(x)]$, *qu'il y a d'unités dans le nombre* $\varphi(n)$ *qui exprime la totalité des nombres premiers et non supérieurs à* n.

La démonstration de ce théorème est identique à celle dont Gauss a fait usage pour un cas analogue, dans ses *Disquisitiones arithmeticæ*. Nous la reproduirons cependant, à cause de l'importance du sujet.

Supposons qu'il existe une fonction réduite X_1 appartenant à l'exposant n; les résidus minima des fonctions

$$(1) \qquad 1, X_1, X_1^2, \ldots X_1^{n-1}$$

seront distincts; d'ailleurs si e désigne l'un quelconque des nombres

$$1, 2, 3, \ldots (n-1),$$

la congruence

$$X^n \equiv 1 \qquad [\text{mod. } p, F(x)]$$

entraînera

$$(2) \qquad X^m \equiv 1 \quad \text{ou} \quad (X^e)^n \equiv 1 \qquad [\text{mod. } p, F(x)],$$

d'où il résulte que si l'on substitue chacune des n fonctions (1) à X dans la fonction

$$X^n - 1,$$

on obtiendra n résultats qui seront divisibles par F (x) suivant le module p; donc, d'après la proposition du § IV, il n'existe aucune fonction réduite autre que les résidus des fonctions (1) dont la puissance $n^{\text{ième}}$ soit divisible par F (x) suivant le module p.

Désignons maintenant par m l'exposant auquel appartient X_1^e, c'est-à-dire le plus petit nombre, tel que l'on ait

$$(3) \qquad (X_1^e)^m = X_1^{me} \equiv 1 \qquad [\text{mod. } p, F(x)].$$

La congruence (2), à laquelle satisfait X_1^e, exige que n soit un multiple de m; inversement, comme X_1 appartient à l'exposant n, la congruence (3) exige que me soit un multiple de n, et même que m soit divisible par n, lorsque e est premier à n; donc, on a $m = n$ dans cette hypothèse; ainsi X_1^e appartient à l'exposant n lorsque e est premier à n. Mais si n et e ont un diviseur commun $\theta > 1$, on aura

$$\left(X_1^e\right)^{\frac{n}{\theta}} = \left(X_1^{\frac{e}{\theta}}\right)^n \equiv 1 \qquad [\text{mod. } p, F(x)];$$

et par conséquent X_1^e n'appartient pas à l'exposant n.

Si donc il existe des fonctions réduites appartenant à l'exposant n, le nombre de ces fonctions est égal à $\varphi(n)$, $\varphi(n)$ indiquant, comme à l'ordinaire, combien il y a de nombres premiers et non supérieurs à n.

Cela posé, toute fonction réduite appartient à un exposant qui est l'un des diviseurs

$$d, \; d', \; d'',$$

de $p^\nu - 1$. Si donc on nomme $\psi(n)$ le nombre des fonctions réduites qui appartiennent à l'exposant n, on aura

$$\psi(d) + \psi(d') + \psi(d'') + \ldots = p^\nu - 1,$$

et, par suite,

$$\psi(d) + \psi(d') + \psi(d'') + \ldots = \varphi(d) + \varphi(d') + \varphi(d'') + \ldots$$

Mais, d'après ce qu'on a vu plus haut, on a

$$\psi(n) = \varphi(n) \quad \text{ou} \quad \psi(n) = 0;$$

le dernier cas ne saurait jamais avoir lieu, à cause de l'égalité qui précède; donc on a

$$\psi(n) = \varphi(n).$$

Corollaire. — *Il y a* $\varphi(p^\nu - 1)$ *fonctions réduites qui appartiennent à l'exposant* $p^\nu - 1$, *suivant le module* p *et la fonction modulaire* $F(x)$.

Théorème II. — *Si deux fonctions réduites* X_1, X_2 *appartiennent relativement au module* p *et à la fonction modulaire* $F(x)$, *à des exposants* n_1, n_2 *premiers entre eux, le résidu minimum du produit* $X_1 X_2$ *appartiendra à l'exposant* $n_1 n_2$.

En effet, soit s un exposant tel que

$$(1) \qquad (X_1 X_2)^s \equiv X_1^s X_2^s \equiv 1 \qquad [\text{mod. } p, F(x)],$$

on aura, par l'élévation à la puissance n_1,

$$X_1^{sn_1} X_2^{sn_1} \equiv 1 \qquad [\text{mod. } p, F(x)],$$

et puisque X_1 appartient à l'exposant n_1, cette congruence se réduit à

$$(2) \qquad X_2^{sn_1} \equiv 1 \qquad [\text{mod. } p, F(x)].$$

La formule (2) montre que sn_1 est un multiple de n_2; mais n_1 et n_2 sont premiers entre eux; donc s est divisible par n_2. D'ailleurs n_2 est l'un quelconque des nombres n_1, n_2; par suite s est divisible par n_1 et par n_2; il l'est donc également par le produit $n_1 n_2$.

Enfin la congruence (1) étant satisfaite quand on prend $s = n_1 n_2$, on voit que $n_1 n_2$ est effectivement l'exposant auquel appartient le produit $X_1 X_2$.

Corollaire I. — *Si les fonctions réduites* X_1, X_2, ... X_i *appartiennent relativement au module* p *et à la fonction modulaire* $F(x)$, *à des exposants* n_1, n_2, ... n_i *qui soient premiers* *entre eux, deux à deux, le résidu minimum de la fonction* $X_1 X_2 \ldots X_i$ *appartiendra à l'exposant* $n_1 n_2 \ldots n_i$.

COROLLAIRE II. — *Si le nombre* $p^\nu - 1$ *est égal à* $2^\rho q^\lambda r^\mu \ldots$, q, $r \ldots$ *étant des nombres premiers impairs inégaux, et si* X_0, X_1, $X_2, \ldots$ *désignent des fonctions réduites appartenant respectivement aux exposants* 2^ρ, q^λ, $r^\mu, \ldots$ *le produit* $X_0 X_1 X_2 \ldots$ *ou son résidu minimum appartiendra à l'exposant* $p^\nu - 1$.

XII.

Des congruences suivant un module premier et suivant une fonction modulaire.

Soit $\mathfrak{F}(X)$ une fonction entière de la variable X, dans laquelle les coefficients des puissances de X soient des nombres entiers ou des fonctions entières de la variable x prises suivant le module p et suivant la fonction irréductible $F(x)$ d'un degré quelconque ν. Je dirai que la valeur

$$X = f(x)$$

est une racine de la congruence

$$\mathfrak{F}(X) \equiv 0 \quad [\text{mod. } p, F(x)],$$

si, après la substitution de $f(x)$ à X, la fonction $\mathfrak{F}(X)$ est divisible par $F(x)$, suivant le module p.

Le théorème démontré au § IV peut alors être énoncé comme il suit :

Une congruence du degré m, suivant un module premier et suivant une fonction irréductible, a au plus autant de racines qu'il y a d'unités dans son degré.

THÉORÈME I. — *Soient* F (x) *et* $\mathcal{F}$ (x) *deux fonctions entières de* x, *irréductibles suivant le module* p, *la première du degré* ν, *la deuxième d'un degré égal à* ν *ou à un diviseur de* ν. *La congruence*

$$\mathcal{F}(X) \equiv 0 \qquad [\text{mod. } p, F(x)]$$

a précisément autant de racines qu'il y a d'unités dans son degré.

En effet, le degré de $\mathcal{F}$ (X) étant un diviseur de ν, on a

$$X^{p^\nu} - X = \mathcal{F}(X)\,\mathcal{F}_1(X) + p\chi(X),$$

$\mathcal{F}_1$ (X) et χ (X) étant des polynômes à coefficients entiers. D'un autre côté, la congruence

$$X^{p^\nu} - X \equiv 0 \qquad [\text{mod. } p, F(x)]$$

a pour racines les p^ν fonctions réduites de x, zéro compris; d'ailleurs chacune des racines de cette congruence appartient à l'une ou à l'autre des deux

$$\mathcal{F}(X) \equiv 0, \quad \mathcal{F}_1(X) \equiv 0 \qquad [\text{mod. } p, F(x)],$$

et si l'une d'elles avait moins de racines qu'il n'y a d'unités dans son degré, il faudrait que l'autre en eût plus qu'il n'y a d'unités dans le sien, ce qui est impossible. Le théorème énoncé est donc établi.

THÉORÈME II. — *Si* Φ (X) *est un polynôme du degré* m *dont les coefficients soient des nombres entiers et dans lequel le coefficient de* X^m *ne se réduise pas à zéro, suivant le module* p, *on pourra trouver une fonction irréductible* F (x) *suivant le module* p, *telle que la congruence*

$$\Phi(X) \equiv 0 \qquad [\text{mod. } p, F(x)]$$

ait m *racines.*

En effet, décomposons le polynôme Φ (X) en facteurs irréductibles suivant le module p; soit

$$\Phi(X) \equiv \Phi_1(X)\,\Phi_2(X)\,\Phi_3(X)\ldots \quad (\text{mod. } p),$$

et désignons par n_1, n_2, n_3,... les nombres inégaux par lesquels on peut exprimer les degrés des facteurs irréductibles Φ_1, Φ_2, etc. Chacun de ces polynômes divisera, suivant le module p, l'une des fonctions

$$X^{p^{n_1}} - X, \quad X^{p^{n_2}} - X, \quad X^{p^{n_3}} - X, \ldots;$$

si donc ν désigne le plus petit nombre divisible à la fois par n_1, n_2,... les mêmes polynômes diviseront aussi

$$X^{p^{\nu}} - X.$$

Par conséquent, si l'on prend une fonction irréductible F (x) de degré ν, chacune des congruences

$$\left.\begin{array}{l} \Phi_1(X) \equiv 0 \\ \Phi_2(X) \equiv 0 \\ \Phi_3(X) \equiv 0 \\ \ldots\ldots\ldots \end{array}\right\} \quad [\text{mod. } p, F(x)]$$

aura, d'après le théorème I, autant de racines qu'il y a d'unités dans son degré, et il s'ensuit que la proposée aura elle-même autant de racines égales ou inégales qu'il y a d'unités dans son degré.

XIII.

Propriété des racines d'une congruence dont le premier membre est une fonction irréductible d'un degré égal au degré de la fonction modulaire ou égal à un sous-multiple de ce degré.

THÉORÈME. — *Si* F (x) *et* $\mathcal{F}(x)$ *sont deux fonctions entières irréductibles, suivant le module* p, *la première du degré* ν, *la seconde d'un degré* μ *égal à* ν *ou égal à un sous-multiple de* ν; *si en outre* X_1 *désigne l'une quelconque des racines de la congruence*

(1) $$\mathcal{F}(X) \equiv 0 \quad [\text{mod. } p, \text{F}(x)],$$

les racines de cette congruence seront les résidus minima des puissances

(2) $$X_1, X_1^p, X_1^{p^2}, \ldots X_1^{p^{\mu-1}}.$$

En effet, on a (§ V)

$$\mathcal{F}(X_1^{p^m}) \equiv [\mathcal{F}(X_1)]^{p^m} \quad (\text{mod. } p),$$

et puisque X_1 satisfait à la congruence (1), on aura

$$\mathcal{F}(X_1^{p^m}) \equiv 0 \quad [\text{mod. } p, \text{F}(x)];$$

donc, chacune des puissances (2) ou son résidu minimum est racine de la proposée. Il reste à prouver que les résidus de ces puissances sont distincts. Si l'on avait

$$X_1^{p^{n+n'}} \equiv X_1^{p^{n'}} \quad [\text{mod. } p, \text{F}(x)],$$

il s'ensuivrait

$$X_1^{p^{n'}}[X_1^{p^{n'}(p^n-1)} - 1] \equiv 0 \quad [\text{mod. } p, \text{F}(x)],$$

puis

$$X_1^{p^{n'}(p^n-1)} - 1 \equiv 0 \quad [\text{mod. } p, \text{F}(x)].$$

L'exposant auquel appartient X_1 est donc un diviseur de $p^{n'}(p^n - 1)$ et, par suite, un diviseur de $p^n - 1$, car cet exposant ne renferme pas le facteur p; on a en conséquence

$$X_1^{p^n} - 1 \equiv 0 \quad [\text{mod. } p, \text{F}(x)].$$

Mais cela est impossible puisque n est $< \mu$; donc les résidus des puissances (2) sont distincts.

COROLLAIRE. — *Si* F (x) *désigne une fonction irréductible du degré* ν *suivant le module premier* p, *la congruence*

$$F(X) \equiv 0 \qquad [\text{mod. } p, F(x)]$$

a pour racines les résidus minima des ν *puissances*

$$x, x^p, x^{p^2} \ldots x^{p^{\nu-1}}.$$

XIV.

Des racines primitives de la congruence $X^{p^\nu - 1} - 1 \equiv 0$, [*mod.* p, $F(x)$].

Quelle que soit la fonction entière $F(x)$ du degré ν, irréductible suivant le module premier p, parmi les $p^\nu - 1$ racines de la congruence

$$(1) \qquad X^{p^\nu - 1} - 1 \equiv 0 \qquad [\text{mod. } p, F(x)],$$

il y en a $\varphi(p^\nu - 1)$ qui appartiennent (§ VIII) à l'exposant $p^\nu - 1$; nous les nommerons *racines primitives*.

Si X désigne l'une quelconque des racines primitives, les racines de la précédente congruence seront les résidus minima des puissances

$$X, X^2, X^3, \ldots X^{p^\nu - 1}.$$

Le nombre $p^\nu - 1$ étant décomposé en un produit $2^\rho q^\mu r^\lambda \ldots$ de facteurs premiers, pour avoir une racine primitive de la congruence (1), il suffira, d'après le théorème II du § XI (corollaire II), de former les congruences

$$(2) \qquad X^{2^\rho} - 1 \equiv 0, \quad X^{q^\mu} - 1 \equiv 0, \quad X^{r^\lambda} - 1 \equiv 0 \ldots \quad [\text{mod. } p, F(x)],$$

et de chercher des racines de ces congruences appartenant respectivement aux exposants 2^ρ, q^μ, r^λ,...; ces dernières racines peuvent être nommées *primitives* à l'égard de celles des congruences (2) auxquelles elles se rapportent.

Si la fonction modulaire $F(x)$ est choisie parmi les fonctions irréductibles du degré ν, qui appartiennent à l'exposant $p^\nu - 1$, il est évident que les $p^\nu - 1$ racines de la congruence (1) seront les résidus des puissances

$$x, x^2, x^3, \ldots x^{p^\nu-2}, x^{p^\nu-1},$$

car x est, alors, une racine primitive de cette congruence.

Lorsque l'on connaît une fonction irréductible $F(x)$ du degré ν, relativement au module p, et qu'on a obtenu, au moyen de cette fonction, une racine primitive de la congruence

$$(1) \qquad X^{p^\nu-1} - 1 \equiv 0 \qquad [\text{mod. } p, F(x)],$$

on peut trouver facilement toutes les fonctions irréductibles dont le degré est égal à ν ou à un diviseur de ν. En d'autres termes, on peut effectuer la décomposition de la fonction

$$x^{p^\nu} - x \quad \text{ou} \quad X^{p^\nu} - X$$

en facteurs irréductibles suivant le module p.

En effet, soit X_1 une racine primitive de la congruence (1); toute puissance X_1^e de X_1 est racine d'une congruence

$$(2) \qquad \mathcal{F}(X) \equiv 0 \qquad [\text{mod. } p, F(x)],$$

dont le premier membre $\mathcal{F}(X)$ est une fonction irréductible suivant le module p, d'un degré μ égal à ν ou à un diviseur de ν. Alors les racines de la congruence (2) seront (§ XIII)

$$(3) \qquad X_1^e, X_1^{ep}, X_1^{ep^2}, \ldots X_1^{ep^{\mu-1}},$$

et, comme on doit avoir

$$(4) \qquad X_1^{ep^\mu} \equiv X_1^e \quad \text{ou} \quad X_1^{e(p^\mu-1)} \equiv 1 \qquad [\text{mod. } p, F(x)],$$

l'exposant $e(p^\mu - 1)$ sera un multiple de $p^\nu - 1$. Posons

$$p^\nu - 1 = mn,$$

et supposons que m soit le plus grand commun diviseur des

nombres e et $p^\nu - 1$; la condition, pour que la congruence (4) ait lieu, se réduira à celle de la divisibilité de $p^\mu - 1$ par n. Mais pour que les fonctions (3) soient effectivement distinctes, il faut en outre que μ soit le plus petit nombre tel que $p^\mu - 1$ soit divisible par n.

Le degré μ de la congruence (2) étant ainsi déterminé, on aura identiquement (§ IV)

$$\mathcal{F}(X) \equiv (X - X_1^e)(X - X_1^{ep}) \ldots (X - X_1^{ep^{\mu-1}}) \quad [\text{mod.}\, p, F(x)],$$

et, après avoir effectué le produit des binômes contenus dans le second membre de cette formule, on aura une expression de $\mathcal{F}(X)$, de laquelle la variable x aura disparu.

On pourra former de cette manière toutes les fonctions irréductibles, dans lesquelles la fonction $X^{p^\nu} - X$ peut être décomposée.

Si l'on désigne par k l'exposant auquel appartient X_1^e, on aura

$$X_1^{ke} \equiv 1 \quad [\text{mod.}\, p, F(x)];$$

par conséquent ke est un multiple de $p^\nu - 1 = mn$, ce qui exige que k soit divisible par n; mais comme la congruence précédente est satisfaite par $k = n$, on voit que X_1^e appartient à l'exposant n.

Je dis en outre que la fonction irréductible $\mathcal{F}(X)$ appartient elle-même à l'exposant n. En effet, soient $\mathcal{F}_1(X)$ et $\Phi(X)$ le quotient et le reste de la division de $X^n - 1$ par $\mathcal{F}(X)$ suivant le module p, on aura

$$X^n - 1 = \mathcal{F}(X)\mathcal{F}_1(X) + \Phi(X) + p\chi(X),$$

$\chi(X)$ étant une fonction entière. Cela posé, les congruences

$$X^n - 1 \equiv 0, \quad \mathcal{F}(X) \equiv 0 \quad [\text{mod.}\, p, F(x)],$$

admettent les μ racines qui forment la suite (3); donc ces racines appartiennent aussi à la congruence

$$\Phi(X) \equiv 0 \qquad [\text{mod. } p, F(x)],$$

et comme celle-ci ne peut être d'un degré supérieur à $\mu - 1$, elle est nécessairement identique et on a

$$\Phi(X) \equiv 0 \qquad (\text{mod. } p),$$

d'où

$$X^{\varkappa} - 1 = \mathcal{f}(X)\,\mathcal{f}_1(X) + p\chi(X),$$

ce qui démontre la proposition énoncée.

D'après ce que nous venons de voir, si l'on veut former toutes les fonctions irréductibles du degré ν qui appartiennent à l'exposant n, diviseur propre de $p^\nu - 1$, on posera

$$p^\nu - 1 = mn,$$

et l'on prendra ensuite pour e l'un quelconque des multiples de m premiers à n. L'expression générale des fonctions demandées sera

$$\mathcal{f}(X) \equiv (X - X_1^e)(X - X_1^{ep}) \ldots (X - X_1^{ep^{\nu-1}}) \qquad [\text{mod. } p, F(x)].$$

Si l'on veut avoir en particulier les fonctions irréductibles qui appartiennent à l'exposant $p^\nu - 1$ et auxquelles répondent les racines primitives, on fera $m = 1$, $n = p^\nu - 1$, en sorte qu'il suffira de prendre pour e, dans la formule précédente, tous les nombres premiers à $p^\nu - 1$ et à p.

XV.

Du point de vue sous lequel Galois a envisagé les congruences suivant un module premier et une fonction modulaire.

Dans la théorie des congruences ordinaires, on traite

comme s'ils étaient nuls tous les nombres divisibles par le module. Et de même, dans l'analyse qui se rapporte aux congruences de la forme

$$\mathcal{f}(X, x) \equiv 0 \qquad [\text{mod. } p, F(x)],$$

on opère comme si les multiples de F (x) s'évanouissaient. Or il y a ici une indéterminée x qu'on peut faire servir naturellement à l'évanouissement des multiples de F (x) ; il suffit effectivement de convenir que cette indéterminée x est une *racine imaginaire* de la *congruence irréductible.*

$$F(x) \equiv 0 \qquad (\text{mod. } p).$$

Ainsi peuvent s'introduire dans l'analyse de nouvelles imaginaires dont l'emploi offre certains avantages, bien qu'il ne soit pas indispensable. Cette conception est entièrement due à Galois qui l'a fait connaître succinctement dans le *Bulletin des sciences mathématiques* de Férussac (t. XIII, p. 398) (*).

La théorie que nous avons développée nous donne, au point de vue de Galois, les propositions suivantes :

THÉORÈME I. — *Si i désigne une racine imaginaire de la congruence irréductible de degré* ν, F $(x) \equiv 0$ (*mod. p*), *une congruence non identique du degré m,* φ $(x) \equiv 0$ (*mod. p*), *ne peut avoir plus de m racines distinctes de la forme* $a_0 + a_1 i + a_2 i^2 + \ldots + a_{\nu-1} i^{\nu-1}$, *où* $a_0, a_1, \ldots a_{\nu-1}$ *désignent des entiers inférieurs à p.*

(*) L'article publié par Galois en 1830 dans le Bulletin de Férussac a été réimprimé ensuite avec ses autres mémoires dans le tome XI du *Journal de mathématiques pures et appliquées.*

THÉORÈME II. — *La congruence* $x^{p^\nu} - x \equiv 0$ (*mod. p*) *admet toutes les* p^ν *racines de la forme* $a_0 + a_1 i + a_2 i^2 + \ldots + a_{\nu-1} i^{\nu-1}$, *i désignant une racine de la congruence irréductible* $F(x) \equiv 0$ (*mod. p*) *du degré* ν.

THÉORÈME III. — *La congruence irréductible* $F(x) \equiv 0$ (*mod. p*), *du degré* ν, *admet* ν *racines qui peuvent être représentées par* $i, i^p, i^{p^2}, \ldots i^{p^{\nu-1}}$.

THÉORÈME IV. — *Une congruence quelconque non identique a autant de racines égales ou inégales qu'il y a d'unités dans son degré; toutes ces racines sont des fonctions entières d'une même racine imaginaire d'une congruence irréductible.*

THÉORÈME V. — *La congruence* $x^{p^\nu} - x \equiv 0$ (*mod. p*) *admet des racines primitives; chacune de celles-ci est racine d'une congruence irréductible du degré* ν, *et ses puissances fournissent toutes les racines de la première congruence.*

XVI.

Application de la théorie précédente au cas du module 7.

Il ne sera pas inutile d'examiner quelques-uns des cas d'un module particulier. Je choisirai à cet effet le module 7 qui a 3 pour racine primitive, et je prendrai les résidus suivant ce module entre les limites -3 et $+3$.

De la congruence $x^{7^2-1} \equiv 0$ (*mod.* 7). — Le théorème III du § IX nous donne immédiatement les trois fonctions irréductibles du deuxième degré

$$x^2+1,\quad x^2+2,\quad x^2-3.$$

Nous plaçant ici au point de vue de Galois, cherchons une racine primitive de la congruence

(1) $$x^{7^2-1}-1\equiv 0 \quad \text{ou} \quad x^{48}-1\equiv 0 \qquad (\text{mod. } 7),$$

en partant de la racine i de la congruence irréductible

(2) $$x^2+1\equiv 0 \qquad (\text{mod. } 7).$$

A cet effet, comme $48=2^4\times 3$, il nous faut connaître une racine primitive des deux

(3) $$x^3-1\equiv 0,\quad x^{16}-1\equiv 0 \qquad (\text{mod. } 7).$$

La première de ces congruences a 2 pour racine primitive, et les racines primitives de la deuxième appartiennent à

(4) $$x^8+1\equiv 0 \qquad (\text{mod. } 7),$$

laquelle, à cause de $i^2\equiv -1$, se décompose en deux autres, savoir

$$x^4-i\equiv 0,\quad x^4+i\equiv 0 \qquad (\text{mod. } 7).$$

Considérons la première

$$x^4-i\equiv 0 \qquad (\text{mod. } 7),$$

et posons

$$x=a_1+a_0 i,$$

il viendra

$$a_0^4-3a_0^3a_1 i-a_0^2a_1^2 i^2-3a_0a_1^3 i^3+a_1^4 i^4\equiv i \qquad (\text{mod. } 7),$$

et, en réduisant à l'aide de $i^2\equiv -1$,

$$(a_0^4+a_0^2a_1^2+a_1^4)+(-3a_0^3a_1+3a_0a_1^3-1)\,i\equiv 0 \qquad (\text{mod. } 7);$$

d'où

$$a_0^4+a_0^2a_1^2+a_1^4\equiv 0,\quad -3a_0^3a_1+3a_0a_1^3-1\equiv 0 \qquad (\text{mod. } 7).$$

On satisfait à ces congruences en posant $a_0=2$, $a_1=-3$;

donc la deuxième des congruences (3) a la racine primitive $2-3i$; par suite la proposée a la racine primitive

$$(5)\qquad x = 2\times(2-3i) \equiv -3+i \qquad (\text{mod. } 7).$$

En élevant au carré, il viendra

$$(6)\qquad x^2 \equiv 2+i+i^2 \equiv 1+i,$$

et en éliminant i entre (5) et (6),

$$x^2 - x + 3 \equiv 0 \qquad (\text{mod. } 7).$$

Telle est la congruence irréductible dont dépend la racine primitive demandée. Si l'on représente par i cette racine, les 48 racines de la congruence (1) seront les valeurs des puissances

$$i,\ i^2,\ i^3,\ldots i^{48},$$

réduites par le moyen de la congruence

$$i^2 - i + 3 \equiv 0 \qquad (\text{mod. } 7).$$

De la congruence $x^{7^3}-1 \equiv 0$ (*mod.* 7). — Le théorème III du § IX indique, pour le module 7, l'existence des quatre fonctions irréductibles du troisième degré

$$x^3-2,\quad x^3-3,\quad x^3+3,\quad x^3+2.$$

Nous désignerons par i une racine de la congruence

$$i^3 \equiv 2 \qquad (\text{mod. } 7),$$

et alors les racines de la proposée seront de la forme

$$a_0 + a_1 i + a_2 i^2.$$

Cherchons une racine primitive de la congruence proposée, qui est

$$(1)\qquad x^{342}-1 \equiv 0 \quad \text{ou} \quad x^{2.3^2.19}-1 \equiv 0 \qquad (\text{mod. } 7).$$

Il suffit pour cela d'avoir une racine primitive de chacune des trois suivantes

$$(2)\qquad x^2-1\equiv 0,\quad x^{3^2}-1 \equiv 0,\quad x^{19}-1\equiv 0 \qquad (\text{mod. } 7).$$

La racine primitive de la première des congruences (2) est -1; la deuxième de ces congruences (2) peut se mettre sous la forme

$$(x^3-1)(x^3-2)(x^3+3)\equiv 0 \pmod{7},$$

et ses racines primitives sont les racines des deux congruences

$$x^3\equiv 2,\quad x^3\equiv -3 \pmod{7}.$$

Donc i est racine primitive de la deuxième des congruences (2). Il reste à trouver une racine de $x^{19}-1\equiv 0$, ou plutôt de

$$\frac{x^{19}-1}{x-1}\equiv 0 \pmod{7}.$$

On peut satisfaire à cette congruence en prenant simplement $x=a_0+a_1 i$ au lieu de $a_0+a_1 i+a_2 i^2$; posons en effet

$$(a_0+a_1 i)^{19}\equiv 1 \pmod{7},$$

en développant par la formule du binôme, et réduisant les puissances de a_0, a_1 et i par les formules

$$a_0^{6m}\equiv 1,\quad a_1^{6m}\equiv 1,\quad i^3\equiv 2 \pmod{7},$$

il vient

$$3\,[a_0-a_0^4 a_1^3+(a_0^5 a_1^2+a_0^2 a_1^5)\,i^2]\equiv 1,$$

d'où, en séparant,

$$3a_0-3a_0^4 a_1^3\equiv 1,\quad a_0^5 a_1^2+a_0^2 a_1^5\equiv 0.$$

Ces deux dernières conditions sont satisfaites en posant

$$a_0\equiv -1,\quad a_1\equiv +1,$$

donc $-1+i$ est une racine primitive de la troisième des congruences (2). Le produit des trois quantités

$$-1,\quad i,\quad -1+i.$$

qui est

$$i - i^2,$$

sera ainsi une racine primitive de la congruence proposée

$$x^{7^3} - 1 \equiv 0 \qquad (\text{mod. } 7);$$

par conséquent cette expression jouit de la propriété qu'en l'élevant à toutes les puissances, on obtiendra $7^3 - 1$ expressions différentes et de la forme

$$a_0 + a_1 i + a_2 i^2.$$

Si l'on veut connaître la congruence irréductible dont dépend la racine que nous venons de trouver, il faudra éliminer i entre

$$x = i - i^2 \quad \text{et} \quad i^3 \equiv 2 \qquad (\text{mod. } 7).$$

En élevant la valeur de x au cube, puis réduisant les exposants de i, il vient

$$x^3 \equiv -2 + i - i^2 \qquad (\text{mod. } 7);$$

d'où

$$x^3 - x + 2 \equiv 0 \qquad (\text{mod. } 7).$$

Si l'on prend l'une des racines de cette congruence pour *base* des imaginaires et qu'on représente par i cette racine on aura

$$i^3 - i + 2 \equiv 0 \qquad (\text{mod. } 7),$$

et l'on obtiendra toutes les imaginaires de la forme

$$a_0 + a_1 i + a_2 i^2$$

en élevant i à toutes les puissances et en réduisant par la précédente congruence.

De la congruence $x^{7^4} - 1 \equiv 0$ (*mod.* 7). — Le théorème III du § IX montre que chacune des trois fonctions binômes

$$x^{16} + 1, \quad x^{16} + 2, \quad x^{16} - 3$$

est décomposable suivant le module 7 en quatre facteurs irréductibles du quatrième degré. On trouve par l'analyse développée dans ce paragraphe que les facteurs dont il s'agit sont respectivement

$$\begin{array}{lll} x^4+x^2-1, & x^4+2x^2-2, & x^4+x^2+3, \\ x^4-x^2-1, & x^4-2x^2-2, & x^4-x^2+3, \\ x^4+3x^2-1, & x^4+3x^2-2, & x^4+2x^2+3, \\ x^4-3x^2-1, & x^4-3x^2-2, & x^4-2x^2+3. \end{array}$$

Nous désignerons par i une racine de la congruence

(1) $$i^4+3i^2-2\equiv 0 \quad (\text{mod. } 7)$$

et nous chercherons une racine primitive de la congruence

(2) $$x^{7^4-1}-1\equiv 0 \quad \text{ou} \quad x^{2400}-1\equiv 0 \quad (\text{mod. } 7).$$

Comme $2400=2^5.3.5^2=32\times 3\times 25$, il nous faut connaître une racine primitive de chacune des trois congruences

(3) $$x^{32}-1\equiv 0,\quad x^3-1\equiv 0,\quad x^{25}-1\equiv 0 \quad (\text{mod. } 7).$$

Or la congruence (1) donne

(4) $$\left\{\begin{array}{l} i^4\equiv 2-3i^2 \\ i^8\equiv 1+3i^2 \\ i^{16}\equiv -2 \end{array}\right. \quad (\text{mod. } 7),$$

et, par suite,

$$(i^{16})^3=(i^3)^{16}\equiv -1 \quad (\text{mod. } 7).$$

Il résulte de là que i^3 est une racine primitive de la première des congruences (3); la deuxième congruence (3) admet 2 comme racine primitive; il reste donc à connaître une racine primitive de la troisième

$$x^{25}\equiv 1 \quad (\text{mod. } 7);$$

essayons d'y satisfaire en posant

$$x=ai+bi^2;$$

en substituant cette valeur, réduisant au moyen des formules (4) et égalant ensuite à zéro les coefficients des puissances de i, il vient

$$\left.\begin{aligned} -2a^4b+3a^2b^3-b^5&\equiv 0,\\ 2a^5+3a^3b^2-2ab^4&\equiv 0,\\ -a^4+2a^2b^3-b^5+1&\equiv 0,\\ -3a^5-2a^3b^2+ab^4+1&\equiv 0,\end{aligned}\right\}\quad (\text{mod. } 7),$$

congruences auxquelles on satisfait en posant $a = 3$, $b = 2$. Ainsi $3i + 2i^2$ est une racine primitive de $x^{25} - 1 \equiv 0$, car il est facile de s'assurer qu'elle ne satisfait pas à $x^5 \equiv 0$. La congruence proposée admet donc la racine primitive

$$x = 2i^3(3i + 2i^2) = -i^4 - 3i^5,$$

ou, en réduisant

$$x = -2 + i + 3i^2 + 2i^3. \tag{5}$$

On tire de là

$$\left\{\begin{aligned} x^2 &= -1 - i + i^2 - 3i^3,\\ x^3 &= -1 + i - 3i^2 + 2i^3,\\ x^4 &= +3 - 3i + i^3,\end{aligned}\right. \tag{6}$$

et, en éliminant i, on trouve

$$x^4 - 2x^3 - 2x - 2 \equiv 0 \quad (\text{mod. } 7). \tag{7}$$

Si l'on désigne maintenant par i une racine de cette congruence (7), les 2400 premières puissances de i donneront toutes les racines de la congruence $x^{2400} - 1 \equiv 0$ (mod. 7).

A l'égard des fonctions irréductibles de degré supérieur à 4, pour le module 7, je me bornerai en terminant ce Mémoire à des indications que le lecteur pourra développer sans difficulté. Nous n'avons aucun théorème qui nous permette de former directement une fonction irréductible du cinquième degré relativement au module 7. Mais il est aisé d'en obtenir par quelques tâtonnements. Ainsi, on reconnaît que la fonction

$$x^5 + x - 3$$

est irréductible suivant le module 7, parce que, si le contraire avait lieu, cette fonction aurait un diviseur du premier ou du deuxième degré, lequel appartiendrait en même temps à la fonction $x^{48} - 1$; or, il est facile de s'assurer que cette fonction et la proposée n'ont aucun diviseur commun suivant le module 7. Il y a plus; la fonction $x^5 + x - 3$ appartient à l'exposant $7^5 - 1$, en sorte que si l'on désigne par i une racine de la congruence irréductible

$$i^5 + i - 3 \equiv 0 \quad (\text{mod. } 7),$$

les $7^5 - 1$ premières puissances de i donneront les racines de la congruence

$$x^{7^5 - 1} - 1 \equiv 0 \quad (\text{mod. } 7).$$

Dans le sixième degré, il y a deux fonctions binômes irréductibles, savoir $x^6 + 2$ et $x^6 - 3$, et il est facile de conclure de l'une ou de l'autre une racine primitive de la congruence

$$x^{7^6 - 1} - 1 \equiv 0 \quad (\text{mod. } 7).$$

Enfin, dans le septième degré, nous connaissons une fonction irréductible, par le théorème du § X, savoir $x^7 - x - g$, g étant différent de zéro. Si l'on désigne par i une racine de la congruence irréductible

$$i^7 - i - 3 \equiv 0 \quad (\text{mod. } 7),$$

on reconnaîtra facilement que i est racine primitive pour la congruence

$$x^{7^7 - 1} - 1 \equiv 0 \quad (\text{mod. } 7).$$

FIN.

Paris. — Typographie de Firmin Didot frères, fils et Cie, rue Jacob, 56.

www.ingramcontent.com/pod-product-compliance
Ingram Content Group UK Ltd.
Pitfield, Milton Keynes, MK11 3LW, UK
UKHW012100240726
13965UKWH00004B/1435

9 782013 086226